# 狂人と呼ばれた男の信念

## おれの厚木航空隊事件

飛澤 宏

文芸社

# 一

昭和三十五年の十二月ごろの話である。

郵便受けを覗いてみると、はがきが一枚落とされていた。誰かな、と手に取ると、むかし海軍で一緒だった落合からだった。

「伍長か」何年も会っていない整備班での同僚だった。

住所を確かめると、何年か前に会ったときに転居したと聞いていた大分の別府になっている。どうかしたか、なにかあったのかと裏に目をやる。

――寒くなってきたが元気か。大変お世話になった小園大佐が十一月に亡くなったそうだ。寂しくなった。

それだけが相変わらず下手くそな文字で書かれていた。まあ、確かにお世話になった方だった。こう言ってはなんだが、落合よりもおれの方が、なにかと気を遣ってもらったと思う。ただ、おれには落合にはもちろん、他の人にも言えない、小園大佐へのある思いがいまだに消しきれずに残っている。木枯らしが吹きつける中で、掌のはがきを眺めながら、おれはしばらく茫然と立ち尽くしていた。あの暑い夏の日に迎えた終戦と、そのあとの数日間に起きた出来事を思い出しながら玄関のドアを閉めた。

## 二

昭和十八年の冬の初めころ、おれは休暇で、基地のある横須賀から藤沢の実家に戻っていた。

風呂上がりのおれは台所で夕餉の支度をしている母に声をかけた。

「正月が明けたら、勤務地が変わるんだ」おれの話に葱かなにかを刻む包丁の音が止まった。振り向いてみると、母はおれの方に向き直っていて、不安気に訊いた。

「え、そうなの？　どこへ行くの？」

母の顔から落ち着いた表情が消え、明らかに狼狽しているのが分かった。

その年の夏に父の戦死公報が届いていたので、母は家族で一人残ったおれの勤務地の変更に心配したのだと思う。

「父さんはどこへ行くとも言ってなかったらねえ。まさか支那とは思わなかった」北支での戦死だと言われた母は、次の勤務地がどこかなど絶対に明らかにすることのない軍隊という組織の中での異動が、彼女の想像のつかない場所へのことなのかも知れず、おれの勤務地の変更という話にかなり神経質になっていたようだ。父のように北支にでも行くのか、それとも近所の人たちから聞かされた、苦戦が続いているという南方に行かされるのではないかと心配している様がおれにも伝わってきたので、安心させるようにおれは言った。

「ははは、心配しなくても大丈夫だよ。厚木への異動だから」

厚木という地名を聞いたことで、母の肩から力が抜けるのが分かった。

横須賀から厚木への異動は、たしかに父親のときの異動に比べれば大違いだ。同じ神奈川県内のことなのだから。

そして年が明けて昭和十九年となり、おれは海軍厚木基地に転属になった。厚木という名前はついているが、母が考えていた厚木は、神奈川県を東西に分けて流れる相模川（下流では馬入川）の中流域にある街の名前であり、基地の所在地は厚木から東南方向、藤沢の北にある綾瀬や座間に近いところだ。西の空に丹沢の大山がそびえていた。

小園安名中佐が厚木に赴任してきたのは、その年の三月の末だったと思う。それに先がけて三月一日付で、それまでの二〇三空（航空隊）が北海道の千歳に移り、横須賀・追浜から移ってきた戦闘機部隊と、千葉・木更津から移ってきた夜間戦闘機部隊が合体し、本格的な防空戦闘隊として三〇二空が編制されたのである。

戦況は既に厳しいものになっていたが、厚木にはまだ戦闘機が多く残っていて、これからも帝都防衛のために更に増やす予定だと言われていた。整備の手が足りなくなりそうだという理由で、おれは横須賀から、おれより一つ年上の落合一等整備兵曹は追浜の航空隊から配属替えになったのだ。同じ年ごろで配属時期が重なったということで、おれたちは気が合った。

おれは普段、落合の階級が一つ上なのにも拘わらず、一等整備兵曹の陸軍での階級である「伍長」とふざけて呼ぶことが多かった。落合も同じように父親をビルマの方で亡くしていて、戦死の連絡があったときの階級が「伍長」だったと話してくれた。厚木に転属になって少し経ち、彼が一等整備兵曹に昇進したとき、おれが「落合一等整備兵曹殿っ」と茶化して敬礼すると、彼は「よせやい、やめてくれ。そんなに偉くはないんだから」と手を振って応えた。普段は彼も「伍長」と呼ばれることに笑顔で応えていた。彼もおれが弟であるかのような気持ちで接してくれた。

中佐が着任したあと、多くの土木要員が集められ、滑走路を延伸する作業や掩体壕を増設する作業に当たっていた。工事は梅雨が始まる六月半ばにも未だ続いていたと思う。厚木が帝都防衛の柱になるとの噂どおり、兵員も増強されつつあった。帝都防衛とはいえ、本来は陸軍が本土防空・防衛の責任を負い、海軍は軍関連の施設のある地域を防禦する責任を持つという区分けがあったのだが、次第に海軍が帝都防衛までも責任を持つことになっていた。

三〇二空では帝都防衛を責務とする局地戦闘航空隊としての編制がなされ、零戦をはじめ他の機体も多くあったが、新鋭の「雷電」が複数配備された。ただ、三〇二空は横須賀鎮守府管区防衛における新設の局地防空戦闘機部隊という位置づけなので、固有の飛行場はもちろん、司令部の入る庁舎もない部隊だった。したがって新設の飛行隊は自ら必要機体数を揃えなければならなかった。

急ぎ集められた「雷電」の中には黄橙色に塗装された試作機もあって、塗装作業から手をつけなければならないものもあった。他の航空隊から届けられた機体は厚木基地内で一定の水準に揃える必要があり、整備に手間がかかることが多かった。

機体だけではなく、搭乗員も各地から多く集められた。ラバウルの二〇四空、戦闘三一六飛行隊、その他から次々に熟練の搭乗員が厚木にやってきた。

三

昭和十八年九月に南鳥島が攻撃され、十月にウェーク島、十一月にはタラワが陥落し、翌十九年二月にはトラック島が空襲された。トラック島が攻撃されると、そこを兵站の拠点としていたラバウルはそれまでの勢いを削がれることになった。

　その年の六月には硫黄島が空襲を受け、更には北九州の八幡製鉄所が夜間爆撃を受けた。首都防空だけでは、細長い日本の空を守るための戦力の配備に課題を残す、一拠点よりも複数拠点の方が守りやすいということから、三〇二空は夜間戦闘機を長崎県の大村に送りだした。日本の制空権が弱まるにつれ、アメリカ軍の首都圏への爆撃は、以前のように夜間に限ったものではなく、昼間にも行われるようになりつつあった。

「雷電」は「零戦」に比べて、八千メートルほどの高高度を飛行するB17や、さらに高い一万メートルの高度を飛行するB29に対抗するのに勝っていたので、乙戦（局地戦闘機）の機体として三〇二空に多く配備されることになった。厚木以外の海軍航空隊での「雷電」の評価は、戦闘機同士の空戦での「零戦」に及ぶものではなかった。しかし、対B17やB29のような高高度での高速の局地戦闘では一定の評価を得ていた。「雷電」の評価が低かったのは、その高速性能と裏腹に操縦が難しく、多くの新人操縦士の評判が悪かったことも大きな理由だった。

乙戦に求められる高高度での高速飛行性能を引き出すために、「雷電」は一式陸攻に使われていた火星二三型という大型の発動機を搭載していた。これは「零戦」の栄発動機に比べて、直径で二〇センチも大きくなった。そのひと回りも大きな発動機を機体に搭載するのに、機首から延長軸を装備して、より操縦席の近くに配置しなければならなかった。その結果、機体はずんぐりとした紡錘型の形状となり、操縦士の前下方の視界が悪くなった。更に高高度の爆撃機に対抗する高速性能を確保するため、翼も特有の形状になっていた。高速性に優れていると言われた層流翼が胴体側に、従来翼を配置する半層流翼が外側に採用されていた。高速度を求めたため主翼面積は「零戦」より二〇パーセント小さく、翼幅も一・二メートル小さくなっていた。この主翼は飛行時には期待通りの高速性能を発揮したが、低速時には揚力が小さくなるため、それまで「零戦」のように扱いやすい機体に慣れていた操縦士には着陸時の操縦が一段と難しくなった。熟練の操縦士は低速でもスロットルをあまり絞らずにいたが、若い未熟な操縦士は先輩から注意されていたにも拘らず、つい「零戦」を操縦している時のようにスロットルを絞ることが多く、失速することが多発したようだ。そのため、着陸時の事故が多発した。更に引込脚にもトラブルが多く、そうした突発的な作業が増えることで通常の作業の時間がなくなり、整備作業は多忙を極めた。

「雷電」の機体の多くは名古屋の三菱が作っていた。名古屋だけでは生産数が伸びないということから、厚木からほど近い高座海軍工廠でも組み立てられていた。高座工廠で組み立てられた機体は、名古屋で組み立てられた機体よりも造りが粗いとか仕上げが悪いとか、搭乗員の評判はあまり良くなかったが、それでも機体の組立能力を確保するために、高座工廠での作業は継続されていた。のちに生産数量確保のために三重県鈴鹿の工場でも生産されるようになった。

おれは時々、高座海軍工廠に見学と実習に派遣された。派遣といっても広い厚木基地の北隣という方が正しいほどの近さだったし、ある意味、息抜きに近いものだった。自転車で十五分ほど走ったら着いてしまう近さに加え、厚木基地では見ることのない女子挺身隊の若い女性が多くいたこともあり、派遣は楽しみですらあった。また、台湾からだろうか、慣れない日本語で一生懸命に話そうとする少年工員も多くいて、厚木とは違う雰囲気の場所だった。

高座海軍工廠は、隣接する第一相模野航空隊の整備兵教育部隊でもあった。工廠に行くと、そこの技師がおれたち整備兵にいろいろと助言をくれたり、時には撃墜された米軍機の残骸を見せてくれたりした。B17の発動機の見たこともないような大きさに驚かされた。

「これは他人には話すなよ」と念押しされてから、同じように我が海軍機の破損状況なども見せてくれた。川西航空機が作った「紫電」は、もともと水上戦闘機だった「強風」を陸上型戦闘機に改造したため引込脚が長くなり、構造も複雑になってしまったので着陸時に破損することが多い——など、折れ曲がった引込脚の実物を見せながら説明してくれたので、飛行機の構造について勉強することができた。「紫電」はその後、中翼から低翼に改造され、課題だった引込脚の問題も解消されて乙戦「紫電改」となり、松山基地などで実戦配備された。海軍だけでも多くの種類の機体が配備されていることから、整備兵たるものは、いつ、どんな機体が来ても対応できるような知識を持っていることが大切だと、整備先任分隊士が日頃から口にしていた。

おれは厚木には配備されていない他の海軍の機体についても、工廠の技師にいろいろと質問し、知識を高めていった。特に「雷電」は前方視界の悪さから、操縦士の間では扱い難い機体だという評判だった。それは当初の風防が空気抵抗を減らすために曲面だったので、視界が歪むことも一因だった。更に着速（着陸速度）が速すぎることから、着陸時に引込脚を破損する事故が多発していたので、海軍工廠の技師からの話は大いに勉強になった。

技師からは「雷電は乙戦として高速性能を最重視する機体だ。その高速性能のためなら多少の扱い難さはやむを得ないと、機体が正式採用されたときに軍令部から言われているんだ。離着陸が難しいのは、操縦する奴に腕があればなんとかなるんだ、ってな」と聞いた。おそらく「雷電」は整備の仕事が忙しくなる機体なんだと、これからの忙しさを感じていた。

「雷電」には、その他にも飛行中の発動機に関連する振動が収まらないといったトラブルが多かったが、工廠の技師は「一式陸攻の大出力の発動機を小さな戦闘機に載せたために、機体の共振が収まらないんだろう。それと従来とは違って、大出力の発動機の熱を下げるため強制空冷のファンを付けているので、それも影響しているかも知れないなあ」と話していた。

　大きな発動機を搭載しているので操縦席は機体の後方に位置し、他の機体に比べて着陸時の視界が悪いため引込脚の破損が多く、プロペラの破損もそれに続いていた。一度飛行すると必ず再整備を必要とすると言っていいくらい整備士泣かせの機体でもあった。これまでの零戦や他の機体では経験したことのない修繕が多く、これほどまでに主翼の面積の大小が離着陸に影響を及ぼすのだということを、おれたちは思い知らされた。

四

　小園中佐が着任してきたのは、水仙が花壇いっぱいに咲き乱れるころだった。おれたち整備兵も滑走路わきの司令所の広場に集められ、小園中佐の着任の挨拶を聞いた。挨拶が終わって整備場に戻ったおれたちは、小園中佐の印象を話し合っていた。

「士官連中が言うほど怖い人ではなさそうだぜ」

「でも、他の航空隊ではやたら怖い人だという話だ」

「かなりの頑固者だっていうぜ」

「ラバウルではすごかったらしい」

そんな話をしているときに、小園中佐が二、三名の参謀と連れ立って整備現場に現れた。航空隊の司令がわざわざ地下にある整備現場に来ることなど、これまでなかった。おれたちは慌てて隊列を組んで敬礼した。

恰幅のいい小園中佐は真っ白な手袋に包まれた手で返礼すると、おれたちを鋭い目でじろりと見回して軽く頭を下げた。

「整備、ご苦労。これからも忙しくなると思うが、よろしく頼む」

頭を上げた中佐に向かって、おれは自然に軽く頭を下げた。そのときの中佐の視線は、なぜかおれを捉えて動かなかった。

——目が合っている。

おれもしっかりと中佐を凝視した。するとさらにもう一度、中佐は「頼んだぞ」と繰り返した。まるでおれに念押ししているように感じられた。

念押しされたということは、今まで以上にしっかり整備をしなければならないのだろうな、そうすることが中佐への期待に応えることなのだ。

おれは一瞬、身震いがした。中佐なんて偉い人がまだおれを見つめている。軍隊で偉い人なんて、小学校の卒業式で来賓席に座っていた退役陸軍少佐ぐらいしか見たことがない。

「あの方は陸軍で連隊長にまでなられた少佐という偉い人なんだから、会ったら必ず立ち止まって、きちんとお辞儀をしろよ。失礼のないようにしろ。そうしないとバチが当たるぞ」

校長先生から言われて緊張したのを思い出した。そんなに偉い少佐より、さらに偉い中佐が目の前にいて、おれを見て話をしている。針金で縛りつけられたような気がした。

## 五

それから数日たってのことだ。尉官軍服に身を包んだひとりの若い男が整備場にやってきた。休憩していたおれを整備班長が大声で呼んだ。

「今、ちょっと銀河の誉十二型発動機の分解中だから手が離せないんだ。なんたって十八気筒だからな、手間がかかる。お前、かわりにその士官に整備の現状を説明してくれ」

十八気筒の発動機の分解はたしかに手間がかかるが、整備班長は面倒臭い仕事はいつも他人に振るので、今回は休憩していた俺に目をつけたんだなと思ったが、黙ってその男を案内することにした。

男は新任の宮崎主計中尉だという。海軍にもいろいろな業務があるけれど、主計なんて業務は知らなかった。おれは機体の整備しか知らない。厚木に就いたばかりのときに案内してくれた整備班長が、ここには四千人を超える兵士がいるし、これからも増えるぞと教えてくれたが、おれたち整備の人間の周囲には兵器科の人間とか搭乗員とか、もっと偉い飛行長や航空参謀みたいな人しかいないのだ。

機体が並んでいる整備場を歩きながら、おれはおずおずと質問した。

「あのう、こんなことを聞くのは大変失礼だと思うのですが、主計というと、どんなお仕事をされているんですか」

中尉は立ち止まると、一瞬、呆れた表情をしておれを見つめ、苦笑いを浮かべながら言った。

「まあ、言ってみれば金庫番や会計係だ。ここの航空隊の出金を管理する仕事だ。金だけじゃなく、糧食の管理もしなければならん。特にここは滑走路の延長だとか掩体壕の新設など、他よりも土木工事が多く、兵の数も機体の数も多い。帝都を守る責任を全うするには、金も人も必要だからな」

そう言うと、再び整備場の奥に足を向けた。

——そうか、主計って金庫番なんだ。

おれは中尉を横目で見ながら整備場に誘導した。

中尉は整備作業中の機体の下にもぐり込んで、いろいろ質問してくる。最近は燃料の質が悪くなったと聞くが本当か、そんな燃料でちゃんと飛行できるのか、航空燃料タンクはどのくらいの容量があるのか、通常はどのくらいの燃料を積むのか、潤滑油の消費量は如何ほどか、整備作業で一番多い作業はなにか——などちょっと専門的な質問もあり、下手には答えられない。

「厚木は質・量ともに充実させなければならないと、小園司令からきつく言われているのだ。それは単に戦闘機の数だけの問題ではない」

宮崎少尉は、小園中佐からの指示を反復するようにおれに話しかけた。

「戦闘態勢は飛行機だけで作るものではない。いつでも戦闘ができる体制にすることは当然だ。それだけではない。兵員が空腹で動けないなんて事態にならないように、糧食の管理なども見ておかなくてはならんのだ。まあ、厚木は馬や鶏や豚も飼っているようだし、田んぼこそないけれど畑もやっていて、イモだ、ダイコンだ、おまけにスイカまで作っているんだろう」

海軍基地でスイカを栽培しているなんてと呆れたような表情でおれを見つめた。自分がやっている訳ではないけれど、おれは恥ずかしくなった。

「まあ、農作物の収穫まで全部を見るのは難しいが。こう言ってはなんだが、厚木は農場が中心で、そのついでに軍需工場もやっているみたいだな」

おれが整備作業場を案内すると、中尉は練習機も含め、実戦に使える機体の数を細かくメモに取っていった。

おれがひと通りの説明を終えると、中尉は司令本部に戻っていった。その後ろ姿を見つめていると、落合が俺のそばに来て言った。

「横須賀からこちらに回ってきたんだろ。たしか名前は宮崎とか言ったな」

いつものことながら、落合は俺よりずっといろいろな情報を集めてくる。なかには本当かよ？　と首を傾げたくなるような怪しいものもあるが、情報の早さには驚かされることが多い。

「どうも藤沢の出らしい。お前もたしか藤沢だろ。知ってるんじゃねえの？」

落合がおれの顔を覗き込む。

「莫迦、知るわけねえだろ。藤沢っていっても結構広いんだぜ」

「まあ、俺の在所だって広いぜ。山が四つ、五つはあるからな」

「まあ、伍長のところみたいな田舎の山の中とは違うんだ。人だって多いんだ」

落合はおれを説得する興味をなくした表情を浮かべた。

「なんでも、横浜高等商業を出たあと経理学校に入ったそうだ。頭が良いんだろうな、ああいう人は。俺らとは頭の中身が違うんだよ。ま、こっちの頭が悪いのは親譲りだからな」

海軍には兵学校の他にも士官を育成する学校があることは知っていた。おれが育った藤沢にある湘南中学から陸士（陸軍士官学校）に行ったどこそこの息子はすごいとか、いや、誰それの息子は海兵（海軍兵学校）に行ったとか、親同士の会話に頭の良い連中の話が出てきたときも、おれには関係ない話だと思っていた。

落合と同じくおれもあまり勉強は好きではなかったし、体力も人並みで、ずば抜けて自慢できるものではなかった。兵学校など夢のまた夢だったので、落合の言葉には黙って頷いて応えた。学校での勉強は好きではなかったが、機械いじりは性に合っているようで今の仕事には進んで取り組んでいた。

飛行機の発動機のように複雑な機械の性能が、整備の良し悪しで違ってくるのを目の当たりにすると、「よし、もっと性能を引き出してやるぞ」と気持ちが高ぶってくるのだ。

海軍の下士官では一番下の階級で、時には寝ることもできないような忙しさはあったものの、好きな機械いじりができることにおれは満足していた。

## 六

戦局はさらに厳しさを増していた。アメリカはそれまで爆撃の主力だったＢ17を新鋭のＢ29に替えて攻撃し、高高度の飛行に加えて航続距離の長いＢ29は攻撃の中核になった。昭和十九年の十一月に偵察のため関東地方に来襲してきたときには、Ｂ17よりもさらに高い高度一万メートルくらいを飛行し、装甲もかなり強化していたため、陸軍の一式戦闘機ではまったく歯が立たなかった、というより相手にもされなかったのだ。

一式戦闘機の発動機の回転が、高度六千メートルを超える辺りから鈍りだすということを、おれは何人もの搭乗員から聞いていた。それは地上の整備員には計り知れない現象だった。なぜなら地上で分解・組立を行い、念入りに整備した発動機は勢いよく回転し、なんの問題も見出せなかったからだ。

しかし、搭乗員の話では、やはり六千メートルくらいの高度になると、発動機は喘ぐような回転になって安定せず、速度が低下して上昇力も鈍る。相手の高さに届いたころには、敵ははるか彼方に去っていて闘いにならないらしい。

高高度では気温の低下も厳しく、飛行服の電熱装置も当てにならないという苦情は搭乗員から何度も聞いた。これまで以上の高高度の飛行のため、普通の戦闘機では飛ぶのがやっとのありさまで、この先が思いやられた。

案の定、昭和十九年十一月二十日過ぎには中島飛行機の武蔵工場が攻撃された。陸軍の飛行機と同様、海軍の飛行機もほとんど相手にならず悔しい思いをさせられた。一万メートルの上空は空気が薄いため発動機の出力が低下し、普通の戦闘行動がとれなくなるというのだ。

したがって「雷電」のように大型の発動機を搭載するか、過給機（ターボ・チャージャー）を装備して出力を維持するか、あるいは双発の戦闘機で機動性を確保するかという選択を迫られることになる。陸軍ではその後、双発の戦闘機「屠龍」をB29の対抗策として投入することになっていた。

落合から、小園中佐が以前ラバウルにいたときに考案して戦果を挙げていたある装備を、基地の機体すべてに搭載することを軍令部に提案し、まずは「雷電」から搭載するよう提案しているという話を聞いた。

ある日、昼飯を喰い終わったおれたちのところに、小園中佐が宮崎中尉を連れてぶらりと現れ、手にしていた分厚い紙包みをおれに差し出した。

訝し気に見ていた宮崎中尉の視線を感じたのか、小園中佐は薄笑いを浮かべながら言い訳のような説明をした。

「時々、若い連中に甘いものを持ってきているんだ。ラバウルのころから整備の連中には世話になっているからな……みんなで喰ってくれ」

小園中佐の言葉に、おれはその包みを受け取って開いた。中には十個ほどの茶色い温泉饅頭が入っていた。見習士官が箱根に行ったときの土産だそうだ。ここでは饅頭なんてめったにお目にかかれない。

「ありがとうございます」

隣の機体の整備作業をしていた他の連中もやってきて、車座に座り込んで饅頭をいただくことになった。一個の饅頭を二人で分け合った。

おれたちが饅頭に口をつけるのを見て、小園中佐もそばの丸椅子に腰を掛け、笑顔を浮かべながら、おれに向かって話しかけた。

「ご苦労だな。でも儂《わし》が今軍部に提案している装備が採用されれば、少しは戦況が変わるはずだからな。飛行長にも同じ話をしているところだ。もう少し我慢してくれ」

その装備とはラバウルに夜間爆撃が続くなか、B17に対抗するために中佐が考え出した「斜銃」である。B17の大きな機体相手では、零戦の二〇ミリ機関銃では思うような戦果が挙がらなかった。当初は機銃の性能が低いのではないかと言われていたが、そうではないことが後日判明した。

B17の機体は、かなりの銃撃を受けても安定して飛行できる強さがあり、四つの発動機のうち一つや二つが銃撃で停止しても、機体が穴だらけにされても飛行していたという話を聞いたことがあるが、そんなB17が相手でも、二〇ミリ機関砲の弾丸は十分にその威力を発揮するという。ところが戦闘機と比べて照準器からはみ出るほど大きな機体のＢ17が相手だと、有効射程距離のかなり後ろからの射撃になるため弾丸が届かないのだという。

これはおれがまだ横須賀にいたときに何人かの飛行兵曹から聞いた「二〇ミリ機関砲は弾丸の発射速度が遅いので、撃っても爺さんの小便みたいに途中から下に落ちるんだ。だから思いきり近づいての射撃じゃないと当たらんし、効果は出ないんだ」という話と同じである。

「雷電」の機銃にはその課題を解決するため従来の銃身を長くする改善が加えられたので、以前よりもかなり良くなったとも聞かされた。

中佐はラバウルにいたとき、夜間爆撃に来襲したＢ17と対峙した飛行兵の話を何度も聞き、それまでの後方からの射撃ではなく、機体の下にもぐれば有効射程距離の範囲になるし、相手からの応射は少ないのではないかと考えたそうだ。最初のうちは海軍省、航空本部、横空関係者の誰もがあまり賛同せず、いろいろと否定的な意見をして、小園中佐の提案をまともに聞こうとしなかったようだ。そんな上層部に対して中佐がとった行動は、会議の招集通知が来ても『衆愚の意見しか通さない会議は出ても意味がない』と参加を拒否する実力行使だったらしい。そうした中佐の行動に上層部も手を焼いたが、今はなにかを試すことが大事で、なにもせずにやられっぱなしでは兵が可哀そうだという熱の籠った中佐の説得に、正式決定ではないものの、航空本部もしぶしぶ試験的にやってみようということになった。

双発の二式陸偵（陸上偵察機）の通信員座席を潰して、そこに斜め前上方に向けた機銃を装備することになった。結果は、その装備が出来上がった夜に来襲したB17六機のうち、二機を撃墜するというものだった。

「ほら、見たことか。軍令部のように机の上で戦闘を考えているような連中は、現場でなにが起きているのかをもっと真面目に聞かないといかんのだ」

小園中佐はそう言って軍令部を相手に、溜まっていた鬱憤を思いきり晴らしたという。ただ、そうした態度とそれまでの頑なな行動が、軍令部や参謀本部での中佐の評判を落としたのも事実のようだ。中佐は話を聞かない人だとか、うるさい人だとか、いくつもの噂話になって厚木にも届いていた。

ただ、結果的にこの戦果を受けて、斜銃を装備した二式陸偵は夜間戦闘機「月光」

として海軍に正式採用されることになる。

「難しさはどこの戦場にもある。現場が直面している困難にどう立ち向かうかを日頃から考えて行動することが大切なんだ」

中佐に見つめられてそう言われると、おれは頷くほかなかった。その通りだと思った。

なんでこんな真面目な人が、他所では滅茶苦茶だとか怖いとか言われるのか分からなかった。中佐はおれたちが饅頭を食い終わるのを確かめると司令公室に戻っていった。

斜銃を装備した「月光」は、このあと厚木基地での配備も増えていった。

七

「雷電」に斜銃を装備せよとの命令が整備班に来たのは、それから半月も経たないころだった。Ｂ17に対抗できた装備ならＢ29にも対抗できるだろうという考えからだった。中佐の命令は「雷電」だけでなく「彗星」や「月光」にも装備しろというものだったが、雷電には先行して装備することが伝えられた。落合の仕入れてきた話が本当になった。

二〇ミリ機関砲を装備しろと命令が来ても、余分な機関砲の在庫などない。特に二〇ミリ機関砲はスイスの兵器会社から許諾生産されているものなので、員数（一定の枠内にある数量のこと）が厳格に管理されていると兵器科がうるさいことを言う。

しかし、命令には直ちに従わなくてはならない。

「どうする?」

「どうしようって、使えない機体から外すしかないだろう」

大破して修繕にも時間がかかりそうな「零戦」の機体から機銃を取り外して、なんとか員数を揃えることができた。そこから離れた場所にある「雷電」まで、重い機銃を二人がかりで運ばなければならなかった。落として銃身が曲がったら使い物にならなくなるので、慎重に運ばなければならない。

元は陸上偵察機の「月光」では、通信員席を潰して二〇ミリ機関砲を斜め上前方に設置することができた。ところが「雷電」は単座戦闘機なので、操縦席の後方に「月光」や「彗星」のような通信員座席はない。操縦席の後ろになんとか銃座を設置しようとしたが収まらず、仕方なく左主翼の付け根の狭い空間に取り付けることにした。これならばB29の右後方からその尾翼に接近して射撃ができるので、効果は上がるだろうと思えた。

胴体に銃身を通す穴を開け、二人がかりで銃を据え付けていると、三人の飛行兵曹がやってきた。その中の一人が「雷電」の横の脚立に上り、「どけ」と整備兵を押しのけた。操縦席から下を覗き込み、主翼の付け根に装備された機関砲を確かめると、おれに訊いた。

「おい、こいつの重さはどれだけあるんだ?」

「たしか、九貫と八〇〇匁目（三五キロ）だったと思います」

「なんだと? 九貫と八〇〇匁目だあ? ふざけるんじゃねえよ、弾を百発も入れたら十二、三貫目（五〇キロ）にはなるだろ。機体を軽くしなければいかんのだろ、え?」

おれを睨みつけると、脚立から飛び降りるなり突然胸倉をつかんだ。おれよりも若く見える顔つきをした飛行兵曹の胸には山崎と名前が書かれている。

「そんな重さでどう飛べっていうんだ。少しでも軽くするため燃料ですら削っているのを知らんわけじゃないだろ。え、どうなんだ？」

山崎はおれの胸倉をつかんで何度か揺すった。たしかに「雷電」には高高度の飛行に備えて過給機が装備されているが、それ以前に大型大出力の発動機の燃料消費は「零戦」と比較にならないほど大きい。高度をとって急降下するか、急上昇して目指す相手の尾翼付近の下に潜り込むのを一度で完成させるには燃料消費量も大きくなるし、戦闘が長引けば基地に帰ってくることさえできなくなる。「零戦」のような艦上戦闘機は長距離飛行の戦闘を想定しているが、乙戦の「雷電」は短時間の戦闘を想定した機体であり、搭載燃料も少ない。増槽を付ければ飛行時間は長くなるが、それでは戦闘ができない。言われなくてもその難しさは、おれにも分かっていた。

Ｂ29が相手では、それまでの知識や経験がまったくと言っていいほど役に立たなかった。聞いた話では、陸軍の調布基地ではＢ29を迎撃する機体は飛燕だそうだが、四挺の機関砲のうち三挺を下ろし、携行弾数も五十発にしているらしい。そうでもしないかぎりB29の上方に位置することが難しいらしいのだ。

「命令ですから」

苦しさの中、おれはやっとの思いで声を絞り出した。

「司令の命令か、くそ、まったくどうしようもねえな」

つかんだ手を緩めると山崎飛行兵曹が唾を吐いた。階級章だけを見れば同じ階級の山崎が出す圧力は、それまでおれが感じたことのないものだった。

その日の夜遅く、小園中佐が装備の進み具合の確認に整備場にやってきた。

「進んでいるか?」

おれの顔を見るといきなり声が飛んできた。

「はい、今しがた終えたところです」

「そうか、見せてくれ」

おれは小園中佐を雷電の横の脚立に案内し、装備を見てもらった。

「雷電は外観よりも内部の空間が少なく、主翼の付け根に装備してあります」

「なるほど。それでこの仰角は何度くらいになっているのか」

「今は仰角を十度、左向き四十五度にしていますが、調整はできます」

「そうか、斜め後ろからの飛行のことを考えたら、もう少し浅い角度に近い方がいいのではないか？」

　小園中佐が両手で空戦の様子を再現しながらそう言う。

「分かりました。三十度くらいに調整します」

「頼むぞ。なかなかよく考えて仕事をしているな」

　中佐に褒められて、おれはうれしくなった。搭乗員がどう目標に近づき対峙するかを、おれなりに考えたことを理解してくれた。

　期待に応えられたのだ、その思いが体の中で一杯になった。

　中佐は満足したように脚立を降りると、司令室に向かって歩き出した。おれは他の整備員と手を取り合って喜んだ。

# 八

それから数日後のことだ。昼になる少し前に八丈島の分遣隊からＢ29が東京に向けて上空を通過したとの情報が入り、斜銃を装備した五機の「雷電」が迎撃に飛び立った。一時間もしないうちにＢ29は爆弾を東京に落とし切ると、筑波方面に離れたと警報が解除された。何機かにはダメージを与えたようだという。

おれたちは「雷電」がいつ帰ってくるか、指揮所の見張り台に登って南の上空から視線を外さないように注意していたが、夕方になっても一機も帰還しなかった。おれの胸倉をつかんで迫った山崎飛行兵曹も出撃していたことは、その日の夕食のときに知った。やはり機銃が重かったのだろうか。山崎がおれに迫ったのは、こうなることを予想していたからではないか、自分の命がかかっていたからではないか……しかし、おれにはどうすることもできなかった。

高高度での高速性能をもつ「雷電」でもＢ29は難しい相手だった。ラバウルでのＢ

17の攻撃は夜間爆撃が中心だったが、日本が制空権を失ってからのアメリカの本土爆撃は白昼堂々と行われるようになっていた。昭和二十年の二月には大編隊が来襲し、調布、成増と厚木に空襲があった。その何日かあとには中島飛行機の太田工場が爆撃された。ラバウルでの経験は役に立たなかったのだ。

「夜間攻撃だったら相手もこっちを認識しづらいだろうが、昼間になると話は全然違う。簡単ではないぞ」

食堂で特務少尉が立ち話をしているのが耳に入った。

「ラバウルで聞いた話では、Ｂ17は機体の下の機銃が主翼を挟んで前後に二か所あるんだそうだ。暗闇に紛れてなんとか主翼の下に潜り込めば、機関銃座は前後にしか対応できないから、相手は撃たれるのを待つしかない。機体の底の部分は他より柔らかいし。ただなあ、相手がＢ29で、昼間となるとそうはいかないらしい」

特務少尉が掌で機体の動きを再現しながら、まわりの連中に話をしている。そんな話を耳にしながら、おれは食堂を出た。食堂を出たところに、炊事班の兵曹長が立っていた。兵曹長はおれを見つけると声をかけてきた。この人も落合と同じように、いろいろな情報を持っている。どうやら食堂でみんなの話に耳を傾けて情報を集めているらしいとは落合から聞いた話だ。

「おい、そっち、整備の方には新任の主計が話を聞きにいったか？」

「ええ、来ましたよ。宮崎中尉でした」

そう答えると、兵曹長は急におれの腕を引っ張り、通路の横の用具入れの扉の前に押し込んだ。

「どんなことを訊かれた？」

「稼働できる機体はどれくらいあるかとか、燃料の消費量はどれくらいなのかとか……それがどうかしましたか？」

なにを聞きたいのか、兵曹長の意図がまだ分からない。

「こっちにもその宮崎中尉が来たんだ。一日にコメと味噌をどれだけ使うのかとかいろいろ聞かれてなあ……なにを言い出すかと思ったら突然、食材の仕入れ記録を見せろとか言われて困ったんだ。お前のところは、外部からの仕入れはどうやって帳簿をつけているんだ？」

おそらく主計では、厚木の全兵力約五千人が籠城した場合に、どのくらいの期間戦えるかを見積もっているのではないか。兵曹長の話を聞きながら、宮崎中尉がなにをやっているのか、ぼんやりとだが見えたような気がした。同時に目の前の男が、仕入れ業務の中でなにかしら怪しげなことをやっているんじゃないかと、疑念も浮かんできた。

## 九

その日の夕飯を喰い終わったあと、おれは外の空気を吸いたくなって、一人で滑走路の横に置いてあるベンチに腰を掛けていた。あの山崎兵曹の怒った顔を思い出していた。背後に人の気配を感じて振り返ると、小園中佐が立っていた。反射的におれは起立し敬礼した。

「楽にしろ……山崎たちが撃ち墜とされた。何発かは当たったらしいんだが、墜とすまでにはいかなかったようだ」

低い声でそう言うと、小園中佐はベンチにどっかりと腰を下ろした。

「聞きました」

おれは起立したままだったが、「楽にしろ。座れ」との声に地べたに腰を下ろした
……と言っても体は中佐に正対したままだ。

しばらく沈黙していた中佐が不意に質問した。

「お前はどこの出身か？」

「鵠沼、江の島のそばの藤沢であります」

「近いな。江の島の近くか。むかし兵学校のころ、仲間と行ったことがある。綺麗なところだな」と相好を崩した。なにかを思い出しているようだ。「そういえば主計中尉の宮崎も、たしか藤沢だとか言っていたな。ここの少し南の長後辺りのような話をしていたぞ」

へえ、やはり宮崎中尉も藤沢なのか、落合の話も結構当たっているなあ……おれは落合の顔を思い浮かべていた。

「ご両親はご健在か？」

「父は昨年、夏に北支で戦死しました」

「そうか……母上はお元気なのか」

「はい。先日、面会に来たのですが、元気そうでした」

「そうか、それは良かった。親は大事にしろよ。お前も元気で頑張らないといかんぞ、死んだら親孝行ができなくなる……母上は甘いものはお好きか」

「はい、大好きです。母に似たのか、私も汁粉が大好きになりました」

「汁粉か。たしかにあれは美味いな。まあ儂《わし》はどちらかというと、汁粉よりも羊羹の方が好みだが。羊羹はあの漱石も褒めているくらいだ。見た目からしていいぞ」

　そして、思い出したように上着のポケットから封筒のような紙包みを取り出して、おれに差し出した。

「甘納豆だ、あとで食え……儂《わし》は最近、また体重が増えてしまって、甘いものは控えないといかんのだ。だから、羊羹どころか汁粉も食えなくなってしまった。このままだと糖尿病になって、下手すると命にもかかわると軍医から厳重注意を受けているくらいだ」

兵学校を出たころは痩身だったが、二十歳をすぎたころから肥りだし、昭和十三年四月、三十六歳のときの漢口空襲で総指揮官として出撃した初めての空戦では、ひとりでは操縦席に座ることができずに、他の兵の手を借りたことがあったのだと、中佐は笑いながら話してくれた。

甘納豆は、山崎飛行兵曹が帰還したら喰わせようと思って取っておいたのだという。小園中佐は格納庫をじっと見つめたまま、なにかを考えている様子だ。

「やはり、二〇ミリでは駄目なのかな。三〇ミリか、いや、やはり三七ミリにすれば効果はあるかなあ、どうだろうな」

独り言のようにも聞こえたが、おれに向けられた質問だったのか。おれは一瞬、返答に困った。山崎兵曹が二〇ミリ九九式機銃でも重いと血相を変えておれの胸倉をつかんでいたのに、三七ミリなんていったら更に重くなるのだ。まして三七ミリは単発の砲だ。連射はできない。効果は期待できても、その前提の課題についてはなにも考えていない。どう返事をしようかと考えても、答えなんか出てこない。

「中佐はどちらのご出身ですか？」

おれは咄嗟に質問への回答を誤魔化すように話題を変えた。

「ん、儂《わし》か？　鹿児島だ。川辺と言ってもお前は知らんだろうけどな。お前のとこの江の島の海と同じくらい綺麗な海があるんだ」

「暖かいところですね」

中佐は黙ったまま頷いた。おれはなんとか中佐の質問への答えを誤魔化せたと安堵した。

しかし、驚いたことに中佐はその短い会話を忘れてはいなかったのだ。さすがに陸軍の戦車にも使われている三七ミリ砲では、飛行機に搭載したときの反動が強すぎると諦めたようだったが、連射が可能な三〇ミリ機銃を搭載するという考えをどうしても曲げることはなかった。会話から半年以上も経った昭和二十年の春になって、「彩雲」に三〇ミリ機銃を搭載させたのだった。大口径の機銃は発射時の反動が大きい。兵器課の士官たちは口を揃えて、偵察機の「彩雲」は機銃の装備を想定していないので、発射したら機体が壊れるか下手をすれば空中分解すると反対した。しかし、中佐は頑として譲らず、搭載機を使った試射実験をすることになった。

機体は空中分解こそしなかったものの、発射時の反動は機体に皺がよるほどの強さで、実戦に使われることはなかった。

しかし、おれは中佐の実行力に改めて感心した。できることは最後までやってみるという言葉は嘘ではなかった。なにもしないで、想像だけで物事を判断してはいけない。更に口に出したら最後までやり抜くことが大事なのだと思い知らされたのだった。

十

戦局は一層厳しいものになっていった。昭和十九年の秋になり、中佐は大佐に昇進していた。同年十月、フィリピンで特別攻撃隊が編制され、零戦に二五〇キロの爆弾を抱えさせて攻撃したそうだ。蒙古襲来のときに吹いた神風が助けになったように、戦局が好転することを期待して始めた攻撃だった。

しかし、重量が十二、三貫目の機銃ですらあれだけ不平が出たということは、搭乗員は離陸時の機体重量にかなり神経を使っているのだろう。そんな機銃の十倍を超す重量を抱えての飛行は飛ばすだけでも難しいんだろうなあ。まして相手の反撃を避けながら目標に向けて飛行するのはなおさらだろう。おれは口には絶対に出さないけれど、内心そう思っていた。

初めての神風特別攻撃隊の出撃は、小園中佐が大佐に昇進してからあまり時間が経っていないころの話だ。当初は大佐も新しい攻撃について志望者を募るなど前向きだった。その特別攻撃が行われた日、小園大佐はその戦果の知らせを終日待ち望んでいた様子だった。その効果は報告されたが、それが果たして期待された通りのものだったのかは分からない。ただ、その後戦果だけは毎日のように軍艦マーチの流れる放送で聞かされていた。

昭和十九年の十二月になるころ、Ｂ29の来襲が一段と多くなってきた。アメリカ軍は爆撃目標を、それまでの中島飛行機から零戦の生産拠点である名古屋に変更したようだった。もともと東京と大阪を防衛の中心とするなかで、防空体制が弱いと認識されていた中京地区の名古屋が空襲を受けたとして、厚木から名古屋まで迎撃に向かうのはその距離を考えると難しい。さらに冬の天候は西からの季節風があり、三〇二空にとって苦しいものになった。名古屋には三菱の大きな工場があることから防空体制の整備が必要だと言われており、対応策として、三〇二空は豊橋へ分遣隊を投入することになった。送りだす機体の整備に整備班は忙しい毎日を過ごすことになった。分遣隊は一月から三月まで豊橋に派遣されたが、その後、B29の来襲は少なく、戦果は薄いものになった。

## 十一

昭和二十年三月に小園大佐は第三航空艦隊参謀になり、以前にも増して会議が多くなっていた。分隊長などからの話では、特別攻撃を拡大すべきだという考えが多数の軍部の中で、大佐は一人その意見に真っ向から反対しているので、いろいろな案件でご苦労が多いようだとのことだった。

その月の終わりに関東地方に大雪が降り、厚木基地も一面の雪景色となった。雪が降ると、雪かきは整備の臨時業務だ。おれたちは朝から雪かきに駆り出されることになる。滑走路の除雪だけではない。駐機している機体まで搭乗員が走って行けるように、通路の雪かきをしなければならない。

沖縄での闘いが始まったと耳にしたのは、そんな雪かきの最中に他班の連中と話をしていたときだ。沖縄でも特別攻撃が計画されていたようだった。

現地沖縄の士官の中にも「戦闘機乗りは最後まで敵と戦い、敵を撃ち墜としてから帰還するのが本来の使命だ。爆弾抱えて突っ込むなんてのは邪道だ」と主張する飛行長もいるという噂も耳にした。ただ、そうした意見は悉く打ち消されているらしく、多くの搭乗員が命令に従い特別攻撃に飛び立ったと聞かされた。毎日、ラジオでその戦果が伝えられ、おれたちは声を上げて喜んだ。

三月も半ばを過ぎたころ、宮崎主計中尉が整備場にやってきた。

おれを見つけると「損傷を受けた複数の機体の部品を集めて、稼働可能な機体にしているというのは本当か？」と訊いた。

「はい、ようやく再生できた零戦の機体がこの奥にあります」

おれの答えに宮崎主計中尉は「案内しろ」と言った。

飛行隊に何機の戦闘可能な機体があるのかを確認しているのだという。連日の空襲で穴だらけにされた機体や、破損がひどい機体から取り外した部品を寄せ集めて、なんとか飛べるようにした機体を見せた。

「こいつは発動機がやられたので、胴体部分がひどくやられた機体から取り外した発動機を載せ直した機体です。胴体部分もやられましたが、補修し終わったところです」

緑色の塗装が施された機体をくまなく観察した宮崎主計中尉が、尾翼を指さしながらおれに訊く。

「この胴体にしろ翼にしろ、ひょっとして帆布を張り付けて塗装しているのか？」

「見ての通りです。こいつはまだ軽い方です。言ってみれば掠り傷のようなものなので膏薬を貼っています。手術ができないような、どうしようもない奴が奥に多数転がっています」そう答えるしかなかった。

「昔、ズボンの尻の辺りにお袋が当て布をしてくれたのを思い出すなあ」

宮崎中尉はそう言って自分の尻を擦った手で、もう一度帆布を興味深く触り直した。

## 十二

四月になったある日、整備場に小園大佐が宮崎中尉と一緒に訪れた。

ポケットから取り出した金平糖の入った封筒をおれに手渡したあとで、小園大佐がぽつりと口にした。

「やはり、特攻なんてのはダメだよ。話にならん。兵は鍛え上げて敵と闘わせる。力の限り、知恵の限りを尽くしての闘いだ。考えもせず、力も出さず、なにもせずに戦況が悪くなったら降伏だ……などというのは将校の考えることではないし、やってはいけないことだ」

整備の終わった雷電の尾翼を撫でながら、おれに問いかける。

「戦闘機は相手の戦闘機や爆撃機を相手に戦うのが、本来、求められていることだろう。飛行の連中もそのために苦しい訓練を続けてきたんだ。違うか？」

おれには答えようがない。

「どうやら陸軍では機体が足りなくなってきたようで、最近、特攻専用の機体を準備しているようだ。ブリキで機体を作り、離陸すると脚はそのまま下に落ちる。帰ってくることを放棄した専用機だそうだ。爆装するだけの、なんの銃も持たない戦闘機だそうだ。そんなものを戦闘機とは言わんだろう。そんな馬鹿げた機体、考えるだけでもおぞましい」

おれの顔をじっと見つめながら独り言のように大佐は言葉を続ける。

「まったく人の話を聞かん奴ばかりだ。海軍省にも軍令部にも、どうしょうもない阿呆な連中しかおらん。ダラ幹ばかりだ。お前たち整備兵だってそのために機体の整備に努力してきたんだろう。飛行の連中が磨いた腕前を発揮できるように頑張っているんだろう？　違うか？」

大佐はおれを見つめ、「え、どうだ。どう思う？　正直に言え」ともう一度訊いた。

司令が二等整備兵曹に訊くことではないと思いつつ、同時になんと答えるべきか、おれは迷っていた。

というのも新しい機体は陸軍だけの話ではないことを、おれは知っていたからだ。

艦隊本部では、潜水艦に人間が操縦する魚雷を載せて攻撃したり、爆薬を小型の高速艇に載せて体当たりしたりするそうだと、炊事班の兵曹長が航空隊以外での特別攻撃の話をしてくれたからだ。

昭和二十年の三月も終わりに近づいたころ、同じ兵曹長から、海軍も一式陸攻の機体にぶら下げて敵艦を目指し特攻する、新型機「桜花」を準備して出撃したという話を聞いていた。しかし、被弾するとすぐに発火することからアメリカ軍から「ライター」の仇名をつけられた一式陸攻は、出撃後相手艦隊に近づく前に次々に撃墜され、「桜花」も思うような戦果を挙げることなく散っていったという。援護する「零戦」も多数撃墜され、戦死者が百五十名以上でたという噂だった。そのときの指揮官だった野中少佐は、作戦計画のときからそうなることを予測し、意見具申していたが、軍令部の同意を得られず、攻撃隊の機上の人になったと兵曹長は話してくれた。

そんな話を聞いていたおれは、大佐の質問に「そうです」という言葉が喉まで出かかっていたが、大佐の横にいる宮崎主計中尉が困った顔をしているのが目に入って、口には出せなかった。中尉はおれがどう答えるのか、聞き耳を立てて、おれの動きに注視しているのが分かった。

おれは結局、なにも答えなかった。いや、答えられなかった。おれの口からなんの回答もない沈黙にくたびれたのか、大佐はなにも言わず、整備場を出ていった。

## 十三

少し前から厚木にもアメリカの戦闘機が来襲し、おれたちは何度も機銃掃射を受けた。それまでのグラマンF４がF６になり、昨日は甲高い金属音を響かせてP51も硫黄島からやってくるようになっていた。

硫黄島がアメリカ軍の手に落ち、それまでの艦載機の来襲だけではなく、地上から発進した戦闘機もやってくるようになっていたのだ。きらきら光るジュラルミンの機体がはっきりと見えた。かなり低い高度からの機銃掃射はおれを狙い撃ちにしているのかと思えるほど過酷だった。

塹壕に飛び込んだときに帽子が脱げ落ちた。塹壕から上を見ると、低空で飛ぶ戦闘機のパイロットの『しまった、逃がしたか』という口惜しそうな顔が見えた。それはまるで鹿を狙ったハンターが獲物を外したときの表情であり、薄笑いさえ少し見えた。目の前の地面に着弾した多連装一二・七ミリの威力は凄かった。生きた心地がしないというのは、こういうことをいうのだと思った。

敵機が去り、塹壕から這うように出たおれが飛ばされた帽子を拾い上げると、大きな穴が開いていた。その帽子をかぶっているおれを見た落合は両手でおれの肩をつかむと、何度もおれの身体を揺すりながら喜んでくれた。

「帽子で良かったなあ。じかに頭に当たってたら、お前、首から上が吹っ飛んでたよ」

落合の瞼が濡れているのが見えた。その日の空襲で二人の兵が命を落としたと聞かされた。ひとつ間違ったらおれは三人目になっていたのだと、改めて身震いがした。

## 十四

昭和二十年の八月になった。暑い日が続いている。

整備場に人だかりができている。何事だ？　とおれは足を向けた。

「広島に新型爆弾が落とされたようだ」

「かなりの被害が出ているようだ」

いろいろと話は出てくるが、たしかな話は少ない。それが原子爆弾だったということを知ったのは何日も経ってからのことだ。

更に新型爆弾が続いて落とされたという話は、それから何日も経たないうちに伝わってきた。今度は長崎だという。

広島も長崎も海軍の施設がある。しかし、呉だとか佐世保だとかいう軍港を対象にした話ではない。ここ厚木だって航空隊がいるし、近くには海軍工廠もあるので、いずれは狙われることになるんじゃないかと落合が言う。

戦争だから、どこだって標的になる可能性は否定できない。

「そうだな」

おれは落合の言葉に相槌を打ちながら、今までにない不安を感じた。

毎日のように厚木はＦ６の攻撃を受けた。艦載機の襲撃が続くということは、アメリカ軍の航空母艦が近くまで来ているらしいという推測が現実のものとなったからであろう。艦載機が来襲しない日にはＰ51が来襲する。硫黄島から飛んできたのだろう。

Ｂ29の爆撃は三月の東京大空襲のあとも続いていた。

そんなある日、飛行服に身を包んだ男たちが何人か整備場にやってきた。その中で背の高い少尉がおれに、「おい、雷電の斜銃を全部外せ」と言った。

――え？　おれの躊躇した顔を見ると、「聞こえたろう。斜銃を外せと言ったんだ」と追い打ちをかけた。

おれが工具箱に向かって動き出すのを確かめると、少尉は「雷電」のそばに立った。

他の飛行兵たちも少尉に続いて動き出し、機体を取り囲んだ。

「役に立たない装備は取っ払わないといけねえんだ。こんな重いの背負ってたら速度は上がらない、高度もとれねえ、とてもじゃないがまともに戦えねえよ」

少尉はおれに言い聞かせるように話した。何機かの取り外し作業が終わるまで、少尉たちはそこから動かなかった。

斜銃はＢ29爆撃機を想定した装備だが、最近はアメリカの空母から発進する護衛戦闘機の数が多く、艦載機が少ないときにはＰ51がいる。いずれにしても戦闘機との戦いを終えないとＢ29には近づけないが、戦闘機との戦闘を想定した装備でなければ護衛戦闘機を相手にするのは難しい。

しかし、三〇二空はＢ29を主な敵とした装備が主となっていた。護衛戦闘機を片付ける。そのためにも斜銃を下ろせと強い言葉で迫ってきた。

「それに整備の兵が一人、この斜銃の暴発で死んでいるだろう。敵ではなく味方を撃ち殺すような装備はダメだ」

たしかに前年の十一月にそういう事故は起きていた。銃口があることを忘れて整備作業に集中していたときに暴発事故があり、整備兵が一人亡くなっていた。整備中であっても銃口が向いていることを忘れないように、おれは血だらけの胴体と翼を雑巾で拭い取り、黄色いペンキで『銃口注意』の文字を書き込むことになった。

「司令には内緒だぞ。分かってるな？」

少尉は重い機銃を床に下ろし終えたおれに声をかけた。

「はい」

おれは少尉に答えながら、大佐に知られたとき、なんと言い訳すべきか考えていた。大佐の言われたことを実行するのがおれの仕事なのに。しかし、命を懸けて戦闘に向き合っている少尉の言葉もおれを揺り動かす。

「ほかの機体のも全部外すんだぞ、忘れるなよ。いいな」

少尉はそう言い残すと、作業場を出ていった。

このころB29の編隊には、艦載機やP51の護衛戦闘機が周囲にいることが多くなっていた。護衛戦闘機がいる場合は零戦や雷電が迎撃するのだが、戦闘機との戦闘が中心になり、B29には近づけないことが多くなっていた。「彗星」や「月光」のように斜銃だけを装備している機体は戦闘機との戦いでは相手にならない。帝都上空に敵編隊が到着する前に迎撃隊は戦闘高度に到達していなければならないのだが、アメリカ軍は時としてB29だけの編隊で来襲することもあり、基地での混乱も多くなっていた。

## 十五

八月十四日になった。夕方の六時を過ぎてから、明日の正午に重大放送があるので全員滑走路前に集まれと伝令が来た。

重大放送ってなんだろう。新型爆弾のことかな。整備班でも議論になったが、なにが起きるのかは誰も理解していなかった。

翌十五日、朝七時を回ったころ。森岡隊指揮の「零戦」八機と別働の「雷電」四機が飛び立った。米機動部隊のF6F多数と交戦に入ったと飛行隊に連絡が入った。

正午に重大放送がある、必ず全員集合せよと言われているのに、早く帰ってこないといけないんじゃないかと気が気ではなかった。十時過ぎになって、合わせて五機が帰還してきた。田口大尉が撃墜されたと、着陸した飛行兵から口頭報告があった。これが三〇二航空隊の最後の空戦になるとは、そのときは考えもしなかった。

正午におれたち整備班は地下の整備場に整列して、正面に置かれたラジオからなにが聞こえてくるのかを待った。週番士官は、天皇陛下のお声が放送されるので姿勢を崩すなと、おれたちに念を押した。

やがて聞こえてきたのは、これまでに聞いたことなどない天皇陛下の声だった。ラジオ放送は聞き取りにくい音声で五分ほどの長さだった。

天皇の声が終わると何人かはその場に崩れ落ち、涙を拭った。どこかで悲鳴に似た声も聞こえた。おれは戦争が終わった、日本は負けたということでしか、その放送を受け止めることができなかった。

今まで張り詰めていた気持ちが弛緩し、心の中にぽっかりと空間ができたようだ。おれだけではなかった。周囲の人間もその場で立ちすくみ、定まらない視線で天井を見上げたままの奴、あるいは崩れ落ちてすすり泣いている奴もいた。そんな周囲の情景を見て、おれは混乱していた。

今日で戦争は終わったのなら、朝の空戦は一体なんだったのか。今日の正午の放送をもって終戦になったのか。分からないまま立ち尽くしていると、隊列の横にいた週番士官のところに他の士官が小走りに近寄り、何事かを耳打ちしているのが見えた。

突然、週番士官が「全員、中央指揮所前の号令台に集合」と大声を上げた。

なにか、まだあるのか——おれは中央指揮所に向かって歩き始めた。厚木の全兵士・下士官がぞろぞろと歩いていく。まだ、涙を拭っている奴もいる。

基地内のいろいろな部署から人間が集まった。厚木基地全体で五千人はいると聞いてはいたが、こんなに多くいたのかと思うほどの人数だった。全員が揃ったのを見計らうように、司令室の建物から小園大佐がこちらに向かってくるのが見えた。ただ、いつもよりも足取りが覚束ないようにも見えた。陛下の放送を聞いて、小園大佐もがっかりしているのかも知れない。大丈夫だろうか。

号令台に上った小園大佐は、集まった士官、下士官、そして兵を見回すと、おもむろに口を開いた。

「先ほどの放送を聞いたと思うが、これから儂《わし》の考えをみんなに伝えたい」

小園大佐の口からどんな言葉が出てくるのか全員の視線が大佐に集中した。

「先ほどの降伏の勅命は、真の勅命ではない」

沈黙を破って出てきた言葉に一瞬、声にはならないどよめきが起こった。

なかには先ほどの放送を徹底抗戦の言葉と誤解しているものもいるらしく、「おお」と声を上げるものもいた。

どよめきが収まると、短いがはっきりとした言葉が聞こえた。

「軍部、統帥は敵の軍門に降った」

大佐は、三〇二空は引き続き闘いを続けると言葉を続けた。これまで軍令部に対し、いろいろと戦術を提案したが聞き入れられず、その結果の降伏という事実には到底納得できない。これからは思った通りに行動する。そうすれば今からでも戦いに勝てるはずだ。軍令部からの命令ではなく、自分の意志に従って自衛戦争を推進する。三〇二空は独立した戦闘部隊として闘いを継続する。

大佐の思いは理解できた。しかし、同時にそれは許されることなのかと微かな疑問も浮かんだ。天皇陛下のお言葉は軍の命令ではないのか。上司の命令は絶対だと、これまで何度聞かされたことか、何度、それが理由で鉄拳を喰らったことか。

「しかし、よく聞け。諸君が小園と思いを同じくし、共に闘うか否か、それは諸君の意志次第である。自由である」

――え？　おれは自分の耳を疑った。しばらく間をおいて、言葉は続いた。

「小園と共に、あくまで闘おうというものはここに留まれ。しからざるものは自由に隊を離れて、帰郷せよ」

ここでもう一度、間をおいてから力強く言い切った。

「儂《わし》は最後まで闘う。帰郷せんとするものは、離れて良しっ」

全員を見回しながら大きな声で獅子吼した。

また、どよめきが湧き、それぞれが周りの人間を眺めている。おれはどう行動すべきなのか迷った。大佐の言葉の少し前までは隊を離れ、家に戻るつもりだった。正午の放送で戦争は終わったと言っていたから、同じ知らせを聞いたはずの母親はおれの帰りを待っているはずだ。同時に、ここに残って闘いを続けることも本当に正しいことなのか、天皇陛下が戦争は終わったと言っていたじゃないか。おれは迷った。

目の前にいる大佐は全員に視線を投げている。おれが一歩でも動こうものなら、大佐は必ずおれに眼をつけるだろう。

あいつが動いたか。なにかと面倒をみてやったのに、なんだ、やはりだめな奴だったな——そう軽蔑されるかも知れない。

いろいろお世話になった小園大佐の期待に応えなければいけないのではないか。ここで動いて隊を離れるのは失礼なふるまいになるのではないか。特別攻撃隊での攻撃はやめるべきだとか、大佐が軍部にいろいろ提案しても悉く否定されてきたことをおれは士官から聞かされていた。大佐の思うような闘いに力を貸すのは今なのではないか。いろいろな思いが頭の中を駆け巡っている。

——どうすればいいんだ？　まとまらない考えに、おれは悩んだ。

長い沈黙が続いた。あるいは十分も経っていたのだろうか。周囲を見ても誰ひとり動き出すものはなかった。隊列の前後左右の誰かひとりが動いたら、おれもつられて動いていたかも知れない。しかし、号礼台の上の人物を見据えたまま、誰ひとり微動だにしなかった。

小園大佐は号礼台の上で、じっとおれたちの様子を見つめている。しばらくそのままの姿勢だったが、おもむろに腕時計を見ると「解散」と号令をかけて号礼台から下りた。号礼台の後ろで宮崎主計中尉が、そんな大佐の動きをじっと見ていたのが眼に入った。

十六

宿舎に戻ると、落合がおれの寝台にやってきた。

「伍長も残ったのか」

落合はおれの横に腰を下ろすと、おれの問いに答えた。

「小園司令のあんな話を聞いたら、はい、そうですかとあの場を離れられるわけないだろ。たしかにまともに戦えば、ここの航空隊は日本一だと思うし、今までまともな戦闘はしてきていないだろ」

落合は声の調子を変えると、天井を見たまま呟くように言った。

「陸軍の方では畑中少佐とか椎崎中佐とか、何人かが闘いを継続すると反乱を起こしたと聞いた。しかも、宮城《きゅうじょう》でだぜ。放送局も占拠したらしい」

——本当か？　宮城って、天皇陛下がいるところじゃないか。

「でも、陛下の放送を聞いたあと自決したらしい。阿南陸軍大臣も自決されたと週番士官が言っていた。反乱を起こしたものの、反乱部隊は現在鎮圧されて厳重警戒になっているそうだ。それに陸軍の水戸から来た部隊は上野公園を占拠しているようだ」

落合は振り向くと、おれの顔を見つめた。なんと答えていいのか分からないおれに、落合が言った。

「司令室に士官や飛行兵が大勢集まって、なにか知らんが議論していた。何人かがガリ版で、なにか印刷していたみたいだぜ」

そこへ二人の飛行服の男が入ってきた。おれたちが起立して敬礼を終える前に命令が飛んできた。

「おい、お前ら、明朝一番で飛べるように準備しておけ」

「零戦」「月光」「銀河」「彩雲」など他の機体も含めて飛行準備をするよう命令すると、小走りに戻っていった。しかし不思議なことに、ここの主力戦闘機である「雷電」は整備の対象にはなっていない。

整備班長が飛んできて、「司令からの命令で今後厚木に近寄る飛行機は、たとえ味方機でも撃墜しろということだ。整備が終わっていない機体は急ぎ、いつでも飛べるように整備しろ」という。

——ええっ、味方機でも撃墜しろって、どういうことなんだ？

「いつでも飛び立てるように整備をしろってことかよ」と何人かがぼやきながら立ち上がった。整備をしていると再び落合がやってきた。

「おい、大変だ。宇垣中将が彗星で特攻出撃したんだってよ。今日の午後、大分から飛び立ったらしい」という。

こんな混乱のなか、上の人たちがいなくなったら帝国海軍はどうなってしまうんだろう。落合の顔を見ていて、また不安になった。

# 十七

翌十六日の朝、東の空がうっすらと白み始めたころ、「銀河」、続いて「彩雲」、「月光」が離陸していった。おそらく距離の遠い目的地からの離陸なのだろうと思った。遅れて「零戦」が離陸した。操縦席には昨夜、徹夜で揃えた伝単（ビラ）が搭載されていた。やはり「銀河」は北海道方面、「彩雲」は中部に向けて飛び立ったと、あとから聞いた。大佐がわれわれに発した訓示と同様、伝単は神州不滅と勤皇護国、徹底抗戦を伝えるものだった。それぞれの離陸が終わったあと、落合が拾ってきた一枚の伝単を見せてくれた。

『国民諸子に告ぐ。神州不滅、終戦放送は赤魔の謀略による偽物、我等航空隊は必勝を確信している。だまされるな』から始まる手書きの文章が、海軍航空隊司令からの発信として紙面いっぱいに書かれていた。文章は小園大佐が書いたものらしい。週番士官の話では放送の行われる数日前に、大本営がポツダム宣言の受諾を決めたという情報が小園大佐には伝わっていたらしい。

おれたちが滑走路の脇に集まっていたときには原稿を完成させ、印刷を指示したあと、おれたちに訓示したようだ。

十時過ぎだったろうか、司令部の様子が落ち着かない。昼を過ぎた頃になって周囲が一段とあわただしくなった。どうやらまき散らした伝単が軍令部にも伝わったのだろう。昨日、小園大佐が各方面に電話をかけまくって厚木の決意を伝え、賛同を求めたことも軍令部に伝わったらしい。分隊長が司令室のある建屋に小走りで向かっているのが見えた。他の将校も集まっては、なにかを相談している。それでも整備班には迎撃のための出撃準備を進めている「零戦」もいる。基地全体がざわついた空気で一杯になった。

落ち着かない空気の中で、隣の班から「大西中将、自決」という言葉が聞こえてきた。ええっ、大西中将っていえば、神風特別攻撃隊の創設者じゃないか。たしか小園大佐は以前、大西中将を尊敬し、意見が合う方だと言っていたことを思い出す。海軍もこの厚木基地も、この先いったいどうなるのだろう。小園大佐はどうするおつもりなんだろう。不安がさらに募ってきた。

## 十八

「十時過ぎに米内大臣から大佐に電話がきたらしい」

整備場にやってきた週番士官が、司令部での騒ぎについて話してくれた。

米内大臣って海軍の一番偉い方じゃないか。そんな偉い方から電話が来たことを伝えると、週番士官は次に口調を変えて、偉い人が来るときにはいつもそうするように、おれたちに足止めを言い渡した。

「午後には寺岡中将がおいでになるそうだ。お前ら、ここから出て、そこいらをふらふらするんじゃないぞ」

偉い人が来るときに兵や下士官がだらしなく歩いているのを見られると、どういう躾をしているんだと、あとがうるさくなるからなと、おれたちに釘を刺した。寺内中将といえば、小園大佐の直属上官だ。なにが起こっているんだろう。

午後三時を回ったころだったと思う。先ほどの週番士官がまたやってきて、「中将はお帰りになったようだ。地上に出てもいいぞ」と足止めを解除した。

ただ、彼もそれ以上のことは分かっていないようだった。やれやれと地上に出て深呼吸をした。油の匂いが染みついた整備場から外へ出ると、おれはいつも新鮮な空気を取り戻すように大きく息を吸い込むのが習慣になっている。

司令部の玄関に宮崎中尉がひとり立っている。正門を出ていったと見られる黒塗りの自動車が砂煙をあげて走り去っていった。どうしたのか、少し気がかりだった。

## 十九

一体、なにが起きているのか。この先、厚木はどうなるのか。そんな話があちこちで囁かれ、整備班には不安があふれていた。

そんななか、一機の「零戦」が戻ってきた。筑波から戻ったようだ。飛行士が不愉快そうな表情を浮かべて無言のまま機体から降りると、司令部に向かって歩き出した。

少し遅れて松山から帰ってきたという中尉は、檄文を手渡したうえで厚木と一緒に闘ってほしいと申し出たが、三四三空の飛行長から言下に断られた、檄文を受け取ることすらしなかったと大声でわめいていた。

「また、三〇二空か。司令からして変人だからな。一体なにを考えているんだ」と罵声を浴び、嗤われたとも言っていた。中尉はあたりかまわず口惜しさを大声でまくしたてた。どうやら大佐の命令で、陸軍も含めた全部隊にこれから独立して戦闘を続けるという通知が送られているようだ。

夕食後、食堂から宿舎に戻る途中、何人かの兵が鉄条網と生垣越しに外を窺っている。なにか見えるのか、おれも同じように外の気配を窺った。薄暗くなった生垣の茂みの間にちらちら見え隠れしているのは、どう見ても訓練を積んだ人間の集まりのようだ。しかも完全武装しているのがはっきりと見えた。基地の内部の様子を窺っているのが分かるが、侵入してくる気配はない。正体の分からない相手に囲まれているというのは嫌な気持ちになる。

「どうやら包囲されているようだ」

「たしかに」

大きな声では話はできない。こちらが彼らに気づいていることが悟られれば、場合によっては発砲される可能性だってある。こちらは丸腰だ。おれはなにも見なかったように振る舞いながら宿舎に戻った。

「横鎮（横須賀鎮守府）長官の戸塚中将からの指示で、おれたちを討伐するために陸戦隊が送られているようだ」

「おれたちを討伐するだって？」

そんな情報が断片的に伝わってくる。なにが起きているのか、ここ整備場ではまったく分からない。

「宮様、高松宮殿下さまからも電話があったらしいぞ」

地上から戻った落合がおれのところに来てささやいた。

「どうやら司令が代わったらしい」

週番士官はそんな立ち話をしていた。噂話はその伝わり方の違いで時間差が生じ、なにが正しい最新情報なのか分からない。いろいろ総合すると、どうやら殿下は一度だけでなく、何度も電話をかけてきたようだ。他に上層部からも大佐に電話が来ているようだ。他の立ち話によれば、厚木の司令が小園大佐から山本大佐に代わったということだった。

——え？　本当か？　しかし、なんの連絡もない。そんな話は整備班長からも聞かされていない。司令からはなんの指示もないので、おれたちは引き続き整備をするしかない。整備を終えた零戦を地上に引き上げると、すぐさま操縦士が走ってやってきて機体に乗り込んだ。

「目的地、児玉飛行場」

発動機のけたたましい爆音の中で操縦士が命令を繰り返しているのが耳に入った。児玉だって？　陸軍の基地じゃないか。次の機体に乗り込んだ操縦士は目的地が狭山だと言っていた。

海軍だけではなく、陸軍の飛行場にも向かって離陸していった。

# 二十

月光の整備が一段落したので、おれは地上に出た。軍医が三人、速足で司令室に向かっている。複数の軍医が急いでいるのはあまり見たことがない。ただごとではないな。普段、軍医は診療室にどっかり座っていて、おれたち兵に対しては見下した態度であたるのがふつうだ。どうしたのかとおれは軍医のそばに駆け寄り、「どうかされましたか？」と声をかけた。

「大佐が数日前くらいから発熱しているみたいなんだ。昨日くらいまでは熱っぽいと言って、たいしたことはないような話だったんだが。以前、ラバウルか台湾か、どこかはっきりせんが、南方でマラリアに罹ったことがあるらしい。以前にもあったようなので、その発熱の再発じゃないかと思うが」

隣の軍医は「マラリアの熱だけじゃなく日本脳炎の熱も怪しいんだ。そうなると、いずれ兵にも伝染するかも知れん」という。

三人は将校がたむろしている司令部の建物に消えていった。おれは踵をかえして自分の宿舎に戻った。

騒ぎになったのは、それからあまり時間が経たないうちだ。

司令部の建物に大勢の人が集まっている。洗面所で顔を洗って部屋に戻るときに表から騒がしい声が耳に入ってきた。落合が駆けよってきた。

「大佐が発熱だってよ」

「軍医から聞いたよ。マラリアの熱かも知れないと言っていた」

「そうか、四十度の熱だとか言っていたぜ」

おれ自身が扁桃腺もちなので、高熱、とくに四十度を超える熱が出たときの苦しさはよく分かる。海軍に入る前にも急に熱が出たことがあった。意識が朦朧として、立ち上がろうとしても身体が言うことをきかなかった。力が入らないのだ。あれと同じような症状だとしたら、大佐が大変な状況にあることは明らかだった。

「そりゃあ、きついな」

「でも、大佐は熱なんか出とらんと大声で怒鳴って、軍医が熱を測ろうとしても、そばによるなと追いはらったそうだ。この暑さの中で軍服を着こんだままで、軍刀を脇にかかえているらしい」

落合の話は本当だろうか――おれは落合を見つめた。

二十一

十七日の朝、「零戦」と「月光」がふたたび檄文を散布するために離陸した。そして陸軍への連絡のために狭山、児玉、松戸、下館に飛び立った。大佐の檄文に狭山（第三九教育飛行隊）と児玉（飛行第九十八戦隊）の航空隊は賛同したらしい。昼過ぎに一機が着陸して、格納庫の方に進んできた。聞きなれた発動機の音ではない。

――え？　海軍機じゃないぞ、なんだ。これって陸軍の三式戦闘機「飛燕」じゃないか。

「下館の奴ら、やる気がないようだから、こいつをもらってきた。おい、整備しておけ」

降り立った中尉は笑っている。もらってきたというよりは盗んできたという方が正しい話に聞こえた。どうも今までは考えられないようなことが起こっている。規律が骨格になっている軍隊という組織での話ではなくなっている。

檄文は海軍だけでなく、陸軍にも衝撃を与えたようだ。賛同する航空隊もあれば、筑波や松山の三四三空のように反対の航空隊もあった。

夕方になって、追浜の航空隊からも「零戦」が一機飛んできた。ここの機体だけでなく、他所の機体の整備もやらなければならなくなり、おれたちは一段と忙しくなった。

整備も一段落ついてほっとしていると、落合がやってきた。おれのそばに来ると声を一段落として、「おい、やばいぞ。どうやらおれたち、いつの間にか反乱軍になっているようだぜ」という。

――反乱軍だって？　なにも分からないまま、おれたちの立場が大きく変わっている。反乱軍だなんて。五・一五事件にしろ、二・二六事件にしろ、反乱軍とされた兵や下士官がどうなったかは、いろいろな人の噂話で聞いている。叛乱を主導・指揮した士官はともかく、命令に従っただけの兵や下士官も叛乱軍とされてしまうのだ。それがいつの間にか自分のことになっている。落合は「どうやら何人かは監禁されているようだ」とも言っていた。それでなくとも、触ったこともない陸軍の飛行機、しかも海軍の機体では扱うことの少ない液冷の発動機の整備が難しく、手につかないおれは落合の言葉に一層困惑した。

珍しく吉野少佐が整備場にやってきた。明日も早朝からどこかへ向かうようで、整備状況を調べにやってきたという。

「大佐はお元気ですか？」

おれは聞かずにはいられなかった。

「ああ、元気は元気だな。相変わらず軍服のまま頑張っているよ。ただ、ここ何日かまともに寝てないから、ちょっとふらついてはいるけど」

あの小園大佐が熱をおして頑張っているのだと心配になった。

十八日の夕飯が終わったあとに落合がやってきて、小声でおれに上の様子を教えてくれた。

「熱のせいなのか寝不足のせいなのか分からないけど、小園大佐がちょっとおかしくなっているようだ。軍医が熱を測ろうとすると、軍刀を抜いて振り回してるってよ」

――え？　軍刀を抜いて振り回している？　日頃の大佐のふるまいからはとても想像できない。本当はどんな様子なんだろう？　自分の眼で確かめたいと思うが、整備の下士官が司令公室に行くことは叶わない。落合とおれは外に出て、司令公室を遠くから眺めていた。その日の夜も司令室の窓の灯りは消えることはなかった。

二十二

十九日になった。この日に山本栄大佐が小園大佐に代わって厚木の新司令として着任したと連絡があった。しかし、兵曹長からそういう連絡を受けただけで、新任の司令からの訓示もない、これもいつもとは違う。不思議な気持ちがする。

このころ軍部では横鎮の警備部隊の厚木基地への突入を考えていたようだ。海軍のトップである連合艦隊司令長官の小沢治三郎大将は、高松宮殿下の説得を小園大佐が拒絶した時点で、三〇二空を反乱部隊と断定していたのだそうだ。そのために小園大佐を罷免し、後任に山本大佐を任命したのだそうだ。ただ、多くの士官は小園大佐こそが厚木の司令であり、新任の山本大佐を後任の司令だとは認めていなかったらしい。あとから聞いた話では、高松宮は小園大佐が熱にうなされている間に山田飛行長に電話して抗戦停止を説得したようだが、山田飛行長はよく聞こえないと言って電話を切ったそうだ。高松宮様の話をまともに聞かず、一方的に電話を切ったという自らの不遜さに山田飛行長は悩んだようだ。そのやりとりと会話の終わり方について、山田少佐は心中に忸怩たる思いを抱え込むことになる。

小園大佐だけではなく山田少佐も軍令部の命令を聞かない以上、厚木のすべてが叛乱を起こしているとして、横鎮から警備部隊を突入させて事態の収拾を図るというのが、米内海軍大臣と軍令部の意見だったようだ。このとき、この事態が単純に海軍内の一部隊の反乱では収拾のつかないところまで発展していたことは、後になってから分かった。このままいけば、味方同士での戦闘になることは想像に難くない。厚木は敵部隊の上陸に備えて、航空戦だけではなく、地上防御のための準備があることを軍令部は知っていた。負傷者だけでなく犠牲者も出るような事態に対して、小園大佐の直属の上司である第三航空艦隊司令の寺岡中将は強い反対の姿勢を崩さなかった。そうした軍令部の意見の衝突もあり、軍部は三〇二空への実力介入に踏み切れなかった。

やはり、外の茂みに隠れていたのは横鎮の陸戦部隊だったのか。おれは大声を出さずにいて良かったと納得した。

二十三

その日、「零戦」三機が哨戒任務で離陸していった。通常、哨戒任務では機銃に弾薬を装備しないのだが、装備しろと命令されたようで、兵器科の兵が機銃弾を装備していた。戦争が終わったはずなのに哨戒飛行とはなにか変だな、しかも実弾装備をしての哨戒飛行とはおかしいと感じたが、理由を訊くことはしなかった。

昼過ぎになって整備班長から、噂されていた山本栄大佐が新司令として着任したと口頭で連絡があった。その連絡だけで、新任の訓示もなにもなかったのは不思議だ。

なんだかいつもとは違うことばかりで、不思議なことが多い。

一時を回ったころだ。哨戒任務から戻ってきた機の搭乗員が、出迎えた飛曹長に「いやあ、墜とせなくて良かった」という言葉を投げていたのも、日頃の会話からすれば訳の分からないものだった。戦闘のあと、機上から降りるなり何機を墜としたとか自慢気に戦果を話し合うのが普通だ。「墜とせなくて良かった」などとは聞いたことがない言葉だった。

なにかが起きている。だが、それがなんなのか分からない。百メートルも離れていない司令部公室で起きていることが、整備現場にいる下士官の身分では窺い知ることができない。

二時ごろになって落合が、おれの横にやってきて声をかけた。

「おい、今朝の哨戒飛行の目的を聞いたか？」

「いや、知らん。なにかあったのか？」

「哨戒飛行の目的は、連合軍への特使の搭乗機を撃墜せよ、だったそうだ」

「え？　味方機を墜とせってことか？」

それでか、墜とせなくて良かった、というのは。

いったいなにが起きているのか、いよいよ分からなくなった。

四時を過ぎたころだった。おれは外の空気を吸おうと地上に出ていた。司令部玄関前に砂煙を上げながら一台の乗用車が走ってきた。

司令部玄関に横付けされた車から、菅原中佐が降りるのが見えた。遅れて同じ車から吉野少佐と何人かの参謀が出てきて、揃って玄関から中に入っていくのが見えた。菅原中佐は副指令だし、吉野少佐は整備長だ。小園大佐が熱に倒れてうなされているなかで周りの人たちで支えあっているのだろうな、おれはそう考えながら司令部の建物を見ていた。

夕方になると辺りの空気が騒がしくなった。何人もの将校が司令部の玄関先に集まり、揃って中に入っていった。宮崎中尉の姿も見えた。宮崎中尉はその人だまりからこちらに歩いてくる。

「夕方、菅原副長と吉野整備長が戻られたようですね」

おれは宮崎中尉に声をかけた。どんな状況になっているのか知りたかったおれの問いかけに対して、宮崎中尉が短く答えた。

「軍令部から戻られた」と。

## 二十四

二十日、朝食を食い終わったとき、命令が来た。

「下士官以上の者は直ちに、本部庁舎の前に集合、急げ」

ぞろぞろと多くが集まったが、いつも見慣れた何人かの搭乗員たちの姿は見えない。

何人かの下士官が小声で話をしている。

「新司令の着任は一部の士官にだけ通知したらしい」

「それに小園大佐が見えなくなったらしい」

「おれが見たとき公室にはいなかったぞ」

「医務室で休まれているんじゃないのか」

「いや、そっちにもいなかったそうだ」

「だから、新司令の山本大佐が訓示するのか」

「あ、来たぞ」

新任の山本司令が菅原副長と一緒におれたちの前に現れた。

おれはてっきり着任の挨拶と訓示だと思った。しかし、それはまったく違うものだった。

「新しく着任した司令の山本である。寺岡中将からの命令を伝える。解散命令が出ておる。各員、直ちに帰郷せよ」

――ええっ？　小園司令の言葉はなんだったんだ？

集まった人々のあいだに安堵の空気が流れたが、後方では微かな舌打ちも聞こえた。

山本司令が主に「雷電」を整備する一班の整備士に残るように伝えた。おれは整備第二班なので、本部庁舎前から整備場に戻った。落合も一緒だった。

整備場に戻ると何人かの兵が集まって話をしている。そばへ寄って聞き耳を立てると、小園司令が部屋からいなくなったらしく、高熱が出て体調が悪くなったのに、どちらへ行かれたのだろうかなどと話していた。同じ騒ぎは飛行隊でも起きていた。司令公室にいないのなら医務室にいるかもしれないと、何人かの搭乗員が探しに行ったけれど、そこにもいない。どうなったんだと、むしろ飛行隊の方の騒ぎが大きくなっていた。

山本司令と菅原飛行長は先ほどの訓示で小園司令のことはなにも話していなかったので、あの二人の訓示を怪しむものも出てきた。

なにかが司令公室の周囲で起きているんだ。そう思ったが、なにかはまったく分からない。

「おれたち、どうなるんだろうな、これから」

落合の言葉に、おれは返す言葉がなかった。

夜八時を過ぎたころ、落合とおれは外に出て、司令公室を遠くから眺めていた。ただ、その日の夜に限っては、いつもは静かな司令室の方向から軍歌が聞こえてきていたのは不思議だった。

二十日の十一時を回ったころだ。ふと、目が覚めると、なにか胸騒ぎがした。宿舎の外でなにやら気配がする。おれは起き上がり、外に出た。

暗闇の中、何人かの兵が、白い布にくるまれた大きななにかを車の後部座席に運び入れているのが見えた。兵たちは低い声で話しているが、なにも聞こえない。暗くてなにをやっているのかも分からなかった。

怪しい動きなので、おれはその動きを確かめようかと考えた。下士官とはいえ、基地内での不審な行動を確かめるのはおれの責務だと思ったが、一瞬迷った。兵の腕に白い腕章が見えたような気がしたのだ。白い腕章というと憲兵隊かも知れない。憲兵が絡んでいるとややこしくなるな、おれは咄嗟に身を隠すように動きを見張った。

車が司令部前から走り出したのを確認すると、おれは中腰になって状況を窺った。数人の将校が司令部玄関の明かりの下でなにか話しているのが見えた。さほど明るくはない司令部玄関前の光の中でも、その中の一人が間違いなく宮崎中尉だと分かった。宮崎中尉が絡んでいる、おれは飛び出すのをやめた。そのとき、たまたま後ろを振り向いた宮崎中尉とおれの視線が合ってしまった。

見られた――おれはどうしたものか躊躇した。

同時に宮崎中尉もおれをしっかりと確認していたが、中尉も次にどうするかを躊躇していた。その場にいたほかの数人の将校たちはおれに気づいてはおらず、敬礼すると建物の中に入っていった。宮崎中尉もしばらくこちらを見ていたが、踵を返して建物に消えていった。

悪いものを見たのかも知れない。おれは寝室に戻ると寝床に潜り込んだ。あの白い包みはいったいなんだったのか？　寝床に入っても疑問はどんどん大きくなっていく。しかも宮崎中尉までがそこにいた。

ほとんど眠気はなかった。そんなとき寝室のドアが思いきり開かれ、零戦隊の飛行兵曹長がおれたちを叩き起こして怒鳴った。

「おい、お前ら、これから飛び立つから、直ちに機体の準備をしろ」

――ええ？　直ちにだって？

その兵曹長が出ていくと、おれたちはごそごそと着替えて整備場に向かった。飛べる「零戦」「彗星」「彩雲」を全部用意し、ついでに練習機もすぐ飛び立てるようにしろと命令があったと、整備班長がおれたちに伝えた。ここでも主力の「雷電」には整備命令が出されなかった。「雷電」は航続距離が短いので迎撃飛行が中心なのかなと思ったが、その理由は「零戦」を地上に引き出して、滑走路横に出たときに明らかになった。一列に並べられた「雷電」からはプロペラも電池も外されていた。整備一班がやったんだ、そう思った。おそらく燃料も抜かれているに違いない。妙に自信があった。

多くの機体は昼間のうちに整備を終えていたので、全機の給油を終えて整備を完了したのは午前三時ごろだ。

## 二十五

それから三十分もしないうちに多くの機体は地上に引き出され、発動機を回し始めた。響き渡る発動機の爆音を聞きつけて駆けつけた数名の雷電搭乗員が、プロペラが外されている機体を見るなり大声で叫んだ。

「ペラが、プロペラが外されているぞ」

「なんだ、こりゃあ」

「誰だ、こんなことしやがったのは」

「これじゃあ、飛べねえぞ」

やはり整備一班の連中の仕業だった。厚木基地主力の「雷電」のプロペラを外したらしい。山本司令が整備一班に訓示のあとも残るように伝えたときに命令を出したということが、そのあとで分かった。

山本司令は菅原副長と上野整備長の二人と協議し、在籍するすべての機体を飛行不可能にするように整備第一班に命令した。

しかし、厚木基地の保有する百機を超える機体のすべてを飛行不可能にする作業が生半可ではないことを、上野整備長は十分わかっていた。そこで優先度をつけて作業しろと更に詳細な命令を下した。山本司令は、当時厚木で一番小園大佐に心酔していて血気盛んなのが雷電部隊だったので、まず、「雷電」を中心に飛行不可能にせよと追命令をしたようだ。おれたちのところに来た兵曹長が「零戦」「彗星」「彩雲」の整備を急げという命令を出したのは、雷電隊を抑えるという山本司令の指示が届いていないはずの、それ以外の機体を準備せよということだったのかとあとから分かった。

騒ぎがひどくなっているとき、東の空がまだ白んでくる前に「雷電」以外の三十機を超える機体に次々と飛行兵が乗り込んでいく。いや、飛行兵だけではない。おれと同じ服装をした人間もいる。ということは整備兵もいるのか。なにが起こっているのか一層、混乱した。

おれが整備を終えた「彗星」に乗り込もうとしていたのは、顔見知りの岩戸良治中尉だった。岩戸中尉は十三期予備飛行学生だと聞いたことがある。操縦席に座り、発動機を動かして暖機運転をするのはおれたち整備兵の仕事だ。以前も何度か話をしたことがあるので、おれは操縦席を譲るときに声をかけた。

「どちらへ向かわれるのですか」

「おれか？　俺は児玉に行く。他の連中はたぶん狭山だろう」

岩戸中尉は言葉少なに答えた。

これは正式な出撃命令ではない、ひょっとして集団脱走ではないか。おれはそう直感した。

# 二十六

全機が離陸し終わる前に、山田少佐が自転車で走ってきた。宮崎中尉も息を切らして走ってくる。

「止めろ、誰か、あれを止めろ」

山田少佐は大声を上げたが、そのとき、すでにほとんどの機体が離陸して最後の数機も滑走を始めていた。そんな状況になっていたら誰にも止められない。離陸を終えた機体は大きく左旋回して、西の空に朝日を受けて姿を浮き上がらせている大山に向かっていった。菅原中佐もやってきた。

「馬鹿者、まだ分からんのか」中佐の怒鳴り声が響いた。「あいつら、抗命罪で軍法会議だ」吐き捨てるように中佐は言い放った。

――抗命罪？　命令違反ってことか？　そういう海軍の法律があることは講義で聴いたことがあったが、まさか、これほど身近に聞いたことはない。やはり、あの離陸は正式命令のものではなかったのだ。最後の零戦一機は西ではなく、東京方面に向かっていった。

数時間後、零戦一機が東京湾に突入したとの知らせが入ってきた。東に向かったあの機体のことだと思った。

## 二十七

朝八時になると全員に対する放送が鳴り響いた。

七一航空戦隊司令が三〇二空指令を兼務することが伝えられ、全員解散を命じられた。安堵と失望の入り混じったどよめきが起こり、周囲を包んだ。

おれたち整備班には、分隊長から命令があった。

「整備班の者たちは、直ちに解散はしない。残れ」という。

まだ、なにか続くのか。おれたちは次の命令を宿舎で待たなければならなかった。

一体、なにが起きているのかまったく分からない。

菅原中佐は飛行隊全員に帰郷を指示した。多くの将校、士官、兵が厚木から去っていった。そんななかで宮崎中尉がおれの整備班にやってきた。

「まだ、機体の整備が必要になるかも知れないのだ。お前たちには申し訳ないが、今少し残留してくれ」

兵に帰郷せよと指示を出す一方で、整備兵にはまだ仕事があるという話に、おれたちは顔を見合わせた。すでにここには満足に飛べる飛行機は一機も残ってはいないのだ。整備一班の連中は相当数、隊を離れたという。おれを含め、急いで家に帰ってもしかたないという連中が残ることになった。

二十八

二十二日になって、昼過ぎに児玉、狭山に飛んでいった機体のいくつかが次々に戻ってきた。ただ、機体から降りてきた搭乗員はいずれも、飛び立ったときのような生気がない。うなだれて機体から降り、指揮所に向かっていった。おれたちは帰還した機体からも直ちに燃料を抜かなければならなかった。

落合が昨日からの動きの解説話を仕入れてきた。

二十日の午後、菅原中佐と吉野少佐は軍令部で高松宮から直接伝えられた「陛下の大御心」を受け止め、小園大佐が打ち出した抗戦体制の終結を決意したようだ。厚木に戻るとその日のうちに航空隊の恭順派士官を集め、その決定を伝えたらしい。それでも菅原中佐の言葉に納得ができず、降伏を否定する士官、下士官、兵が集まり、小園大佐の檄文に賛同した陸軍の狭山、児玉に合流して抗戦を続けるという実力行使に出たのだという。山本司令、菅原中佐、そして吉野少佐は一部の人間がなんらかの反対行動を起こすかも知れないと考えたが、抑えるべきは主力になっている雷電隊だろうと想定したのだ。

しかし陸軍でも、もはや「陛下の大御心」に抗うものはなく、厚木に連れ戻されたのだという。岩戸中尉が着陸した児玉でも、それまでの決起の熱は冷め、中尉が再度離陸しようと「彗星」の機体に戻ったときに、タイヤがパンクさせられていることに気がついた。滑走できない、つまり、離陸できないのだ。ここで実力行使は強制的に停止させられることになった。

二十九

大佐は横須賀の野比病院に運ばれたそうだ。どうやら、病院でも特別な精神病棟に入れられ、監視がついているようだ。

二十三日になって、周囲の空気が変わってきた。大佐が発狂して横須賀の病院に運ばれたという話が、そこここで囁かれるようになった。徹底抗戦の空気も薄れてきた。とはいえ、まだ司令部には大佐の考えを引き継いで頑張っている分隊長もいるようだ。陸軍航空隊の基地に向かった操縦士が現地で拘束されたという話も聞こえてきた。

そんななかで、二十四日の朝、飛行長の山田少佐が今回の騒ぎの責任をとって奥さんと服毒自殺したという知らせがあった。この知らせは厚木航空隊に諦めの空気を急速に拡げた。高松宮からの数度にわたる説得の電話を、聞こえないと言って切ったことへの悔いが原因だったようだ。

二十四日、岩戸中尉が海軍省法務局に出頭し、抗戦派の抵抗を断念することを伝え、行動を起こした全員は二台のバスに分乗し、東京の芝の白金台に移送された。そこで抗戦派の全員が警備隊に拘束され、一連の事件は終結した。

その後の動きは他にもいくつかあったが、厚木基地での叛乱騒ぎは収まった。

宮崎中尉はそれまで以上に忙しそうにしている。中尉は厚木には小園大佐の命令で、兵器はもちろん糧食なども、二年間は籠城できるくらいの量を蓄えていたことを話してくれた。

「あのなあ、畑のスイカが今朝方なくなっていたぞ。昨日の夕方にはあったんだがなあ。誰か眼をつけていたんだなあ。そろそろ食い頃だと思っていたんだが」

保管している物資を、除隊になった兵士や下士官が勝手に土産代わりに持ち出すことが多く、その管理が忙しいんだ、泥棒を相手にしなきゃあならんと笑っていた。

## 三十

八月二十六日、滑走路横におれたち整備班の残った数名は集合させられた。遠くに見えた機体が次々に着陸態勢に入り、次第にその姿を大きくした。見たこともない大きな機体だ。着陸したのを数えると十五機を超えていた。中から多くの米兵が降りてくる。隊列を組み、一部は銃をおれたちに向けている。

宮崎中尉がその隊列に進んで敬礼をしたあと、米兵の隊長となにか話している。しばらくすると、おれたちのところにやってきて声をかけた。

「彼らの整備兵に、ここの整備場の説明をしてやってほしい」

おれたちは宮崎中尉が先導する何人かのアメリカ兵を地下の整備場に案内し、整然としている現場をみせた。工具類はこの数日の間に整理整頓されているので、案内は数時間で終了した。

「中尉は英語が喋れるんですね。すごいですね」と宮崎中尉に声をかけると、

「横浜高商で少し齧ったただけさ。まさか、こんなところで使うことになろうとは、思ってもみなかった」とはにかんだ。

三十一

三十日になった。昼前までにアメリカ整備兵へ整備場の引き継ぎが大体終わったころ、おれたちは地上の滑走路わきに集合させられた。

南の空に大きな機体がひとつ、着陸態勢に入っているのが見えた。その姿は次第に大きくなり、高度を下げている。

それは見たこともないジュラルミンの光り輝く大きな機体だ。

滑走路わきにプロペラと電池を外され、燃料をぬかれた「雷電」が整列している前を無表情に通り過ぎ、着陸した。やがて機体は停止し、後方の扉が開いて、背の高い男がタラップに立ち周囲を見回している。

落合がそっと「あれがマッカーサーだってよ」と囁く。

あれがそうなのか、背の高い男がちらと見えた。子供たちが『出てこい、ニミッツ、マッカーサー』と歌っていた男の姿を、遠くからだが、おれはしっかりと見据えていた。連合軍司令長官マッカーサーとその取り巻きが司令部の方に歩き出すと、宮崎中尉も一緒に司令部に向かって歩いていった。

おれが整備場に戻ろうとしていると、後ろから肩を叩かれた。振り向くと特務少尉がいた。特務少尉とは、下士官を長く経験した者が、ある年齢になると尉官の扱いを受ける身分だ。もともとは整備業務を担当していたことがあり、おれが着任した少しあとに特務少尉になって整備現場を離れた人なので、先輩ということで何度か話をしたことがある。

彼は二十日の夜の出来事をいろいろ知っているそうだと落合が教えてくれていたので、「二十日は大変でしたね」と声をかけた。

特務少尉は振り向くと「おお、いろいろあったんだ」と薄笑いを浮かべながら頷いた。特務少尉は整備場の片隅の休憩所の丸椅子に腰を下ろすと、この数日の動きを話し始めた。おれは彼に湯呑の茶を差し出した。

彼は司令公室の外で従兵と一緒に見張りをするように言われていたので、中の様子を逐一見ていたという。

大佐は発熱があっても、軍医が体温を測るのを拒んだ。最初のうちは言葉でのやりとりだったが、寝不足も重なり体調の悪化がさらに進んだ。体力をかなり消耗しているのか、ときおり頭が前に下がることもあった。そんな様子を見かねた人間がそばに寄ろうとするだけで大佐は刀に手を掛けるので、誰も近寄ることもできなかった。

軍医がそれでも体温を測ろうとすると、立ち上がって軍刀を抜いて拒否するほどの錯乱状態に陥ったようだ。

参謀の一人が「まあ、少し落ち着こうじゃないか」と声をかけ、持ってきた一升瓶を机の上に置くと、司令室の全員に湯呑を配って酒を注いだらしい。

すぐには反応せず、しばらく考えていた大佐も、やがて全員が呑んだのを見届けると、自分も口をつけた。酒が嫌いな方ではないのは周知の事実だった。しばらくすると高熱、空腹、そして寝不足の体に早く酒が回ったようで機嫌も良くなり、緊張感が薄まると暑くなってきたのか、軍服を脱いだ。参謀が勧めると何杯か湯呑を空にした。若い少尉が軍歌をうたい始め、周りの将校が手拍子を打ち始めた。こうした空気の中で大佐はそれまでの緊張感が緩んで踊りだしたようだ。兵学校の頃から酔うと踊りだすという話は伝説ではなかった。

軍医は体温計と血圧計を持ち、様子を窺っていた。参謀の一人が周囲に目配せをして、突然、何人かの将校が一気にとびかかり、大佐を押さえ込んだ。

「なにをするか、やめろ。馬鹿者、やめろ」

大佐の声が司令室に響き、暴れるのを想定して準備した革手錠をかけた。

「でもなあ、驚いたことがある」

特務少尉は話を一瞬止めてから、ぽつりと呟いた。

「大佐を押さえ込んで革手錠をかけたのは、他ならぬ宮崎主計中尉だったんだ」

腕を押さえられた大佐の動きが鈍くなったのを見計らって、軍医が大佐の腕に鎮静剤を注射した。

暴れていた大佐は五分もしないうちに眠りこんでしまった。縄で身体を何重にも縛り上げ、白い布で包んだ。電話で誰かと話をしていた参謀が後ろにいた憲兵少尉に振り向いて、「横須賀だ」と告げた。特務少尉は、いつ憲兵隊が司令室まで入ってきたのか分からなかったという。

「あれだけ小園大佐に可愛がられていた宮崎中尉だろ？　俺は目を疑ったよ」

特務少尉は首を何度も横に振った。白髪が目立ち始めた特務少尉の頭を見つめながら、おれはあの深夜に運び出された白い布包みが大佐だったことにようやく気づいた。むしろ、ずっとそうではないかと思っていたことが今はっきりと分かった。同時に、なぜあのときに飛び出してでも不審者の動きを止めなかったのか、大声をあげることくらいならできたのではないかと、反省にも似た思いが湧き上がってきた。他ならぬ大佐のためにおれはなにもできなかった。救い出すことができなかった自分の無力さに情けなくなった。あのときに飛び出して止めようとしたら、あるいはおれは憲兵に射殺されていたかも知れない、それでもそうするべきだったのではないのか、特務少尉の話を聞きながら、おれの頭の中はそのことで一杯だった。

どうやら参謀の何人かはそれまでに軍令部や航空司令から説得されていたらしい。

おれのまわりでも知らないうちに、何人かの整備兵がいつの間にか説得されていたようだ。連合国側から連絡があり、マッカーサーが日本、しかも厚木に三十日に来訪することが伝えられたとき、軍令部は蜂の巣を突いたような騒ぎになった。

「厚木をなんとかしないと、連合軍が怒りだすぞ」

「こんな状態で総攻撃されたらどうしようもない」

「小園を抑えろ」

「なんとかしろ」

大きな議論があったらしい。

機体から予備の燃料が抜かれていることが特務少尉の話で分かった。児玉や狭山に向かった機体はほとんど燃料がなく、現地に辿り着くのがやっとだったはずだと特務少尉は話してくれた。

「司令の考えに反対はできなかったけどなあ、でも、おれたちは陛下のために闘ってきたんだ。陛下のお考えに従い、なんとか正しい軌道に戻さないといけなかったんだ」

湯呑茶碗を弄びながら、白髪の交じった無精髭の顔を上げることなく特務少尉は力なく声を絞り出した。

## 三十二

九月も終わりになってから、おれは思い出の多い厚木基地をあとにし、家に戻ることになった。落合は九月の半ばに隊を離れ、郷里の大分に戻っていった。他の兵よりも遅れての除隊だった。

隊を離れる日の昼前に、おれは宮崎中尉のところに挨拶に行った。

「お世話になりました。本日、実家に帰ります」

「ご苦労様でした。いろいろ助けられた。ありがとう」

おれが頭を下げると、中尉も軽く頭を下げてくれた。

中尉は引き続き進駐軍の世話を見るのだという。英語が話せるのが役に立っている様子だ。おれが出口に向かおうとすると、中尉に呼び止められた。

「あ、そうだ。ちょっと待て」

その声に振り返ると、中尉が机の抽斗から古びた慰問袋を取り出した。

「これ、持っていけ。餞別代わりだ」

とその袋をおれに差し出した。受け取ると重さを感じた。

「あ、これもだな」

椅子の後ろの本棚からもう一つ袋を取り上げるとおれに手渡した。

「断りもなく持ち出そうとしている奴から取り上げたんだ」

中尉の口ぶりは寂し気に聞こえた。

「もう一つは小園大佐からだ。八月十五日の朝、陛下のお声の放送前に大佐がおれのところに来て『あの整備兵が除隊するときに持たせてやってくれ』と頼まれたんだ」

「中身、拝見してもいいですか?」

おれの問いに中尉は笑顔を浮かべて頷いた。

中身を確かめると、最初の袋にはコメ、小豆、砂糖が入っていた。次の袋には虎屋の羊羹が一本入っていた。思わず、あのときの短い会話が脳裏をかすめた。十五日の玉音放送前の短い時間であっても、おれとの会話を大事にしていてくれたと思うと、思わず熱いものがこみ上げてきた。

厚木基地には小園大佐が籠城するときのために、武器・弾薬だけではなく二年分の食料が保存されていたという。終戦と一連の騒動の混乱の中で、食糧倉庫や被服倉庫から在庫をくすねて持ち出そうとする兵や下士官が多く、宮崎中尉はその管理もしているのだという。

「泥棒相手は結構大変なんだ」

中尉は笑っていたが、やはり寂しさは隠せなかった。中尉はおれを官舎の出口まで送ってくれた。その短い時間に、おれは小園大佐のことを言い出すべきか、また、迷っていた。

「あのう」と問いかけると「なんだ?」と中尉はおれの顔を見つめた。

「あ、いえ、小園大佐はどうなったんですか」

「大佐か。今は病院に入っているはずだ」

「退院したら、どうなるのでしょうか」

「おそらく、軍法会議にかけられるんじゃないかな」

「軍法会議ですか」

「そうだろうな」

軍法会議が裁判であることはおれも知っていたが、会話はそれ以上進まなかった。中尉はおれの質問を待っているようにも見えたが、あの夜のことを改まって訊くのも話の流れからは難しかった。

おれは中尉に向き直ると敬礼し、そのあと深くお辞儀した。中尉も敬礼でおれに応えた。

その日の午後、おれは実家に戻り、ぶら下げてきた慰問袋を黙って母親に差し出した。

「おかえり」

母親は両手で慰問袋を受け取りながら、短い言葉でおれを迎えた。

「よその家では、とっくに帰ってきた人もいるみたいなのに」

それ以上の言葉はなかった。おれも、なんで遅くなったのかを母に説明する気はなかった。その日は警報もなく、突然の飛行準備で起こされることもなく、久しぶりに熟睡できた。

数年後、母親が亡くなるときの話だ。

「あのとき、お土産にもらった羊羹はおいしかったねえ。小豆を炊いて、食べたお汁粉もおいしかったねえ」

枕もとのおれの顔を見つめて、掠れた声で思い出すように笑みを浮かべたことが今は懐かしい。

小園大佐が言っていたような親孝行はできなかったが、亡くなる前に笑顔で思い出話ができたのが、せめてもの親孝行だったのかも知れない。小園大佐はおれと母親が汁粉が好きだという言葉を覚えていてくれたのだと、あの日の会話が思い出された。

三十三

昭和二十年十月十五日、巣鴨拘置所で、のちに「厚木航空隊事件」と呼ばれる厚木航空隊叛乱事件に対する横須賀鎮守府臨時軍法会議が開かれた。裁判は小柳少将が裁判長を務め、他二名が裁判官を務めた。検察官として小田垣海軍法務少将があたった。軍法会議法における「戦時事変に際し海軍部隊に特設された臨時軍法会議」であることを理由として弁護人はいなかった。

裁判の中で、正気を失ったことは酌量の余地があるとされたことに対して、小園司令は、自分はずっと正常であり、精神状態がおかしくなったことはないと強く申し立てた。

小園司令には党与抗命罪（海軍刑法五十六条）により「被告人を無期禁錮に処す」との判決が言い渡され、即日、官籍を剝奪された。判決後ただちに小園司令は横浜刑務所に収監された。正しくは、もはや大佐ではないけれども、おれにとって、あの方は大佐としか呼べない方なのだ。

一方、厚木基地から脱走したとして、岩戸中尉以下六十九名には四年から八年以下の禁錮刑が言い渡された。

小園大佐の呼びかけに呼応した陸軍の児玉基地、狭山基地の司令は身柄を拘束されたものの、裁判などなく釈放されたという話を聞いたとき、おれは海軍と陸軍では同じ軍隊なのに扱いが違いすぎるのではないかと首をかしげた。あれだけ真面目に自分のすべきことを認識し、部下にも彼らがすべきことを求めていた人が、たまたま何日かマラリアの高熱で行動が乱れただけではないか、陸軍の司令に対する処置との違いに納得がいかなかった。

小園大佐が無期禁錮の判決を受けたことは新聞記事で知った。厳しい海軍刑法で、党与抗命罪で一番重い罪は銃殺だと聞いたことがあったので、無期禁錮になったことは良かったと思わずにはいられなかった。おそらく大佐が狂ってしまったということが、本人が頑なに否定したにも拘わらず酌量されたのではないか。おれに「死んだら親孝行ができなくなるぞ」と言ってくれた人が銃殺刑にはならず、生き永らえることはうれしかったが、大佐が狂人と呼ばれることが、おれはその後ずっと納得できなかった。

# 三十四

戦争が終わり、それまでの軍部の動きが報道されることは少なくなっていた。ただ、落合や他の連中との連絡で、厚木基地の関係者の動きは聞いていた。岩戸中尉たちの減刑を求める三〇二空の仲間たちの動きがあったこと、同様に小園大佐の減刑を求める動きもあり、減刑が期待されたが、政府がＧＨＱに対して働きかけたという話はまったく聞こえてこなかった。そうした動きについて落合から一緒にやってはどうかと言われたが、三〇二空の仲間たちとはいっても、士官や操縦の連中ばかりだ。整備の、しかも下っ端の下士官ごときが一緒にやることには気後れがして、そうする気持ちにはなれなかった。

世の中には小園大佐が発狂して、海軍最後の反乱事件を起こしたという噂話も流れていたが、それを耳にしたとき、おれは、それは違うと誰に見せるのでもなく首を振った。あの方がどれだけ真面目に自分の責任を自覚されていたか、おれはよく知っている。大佐を思い浮かべながら噂話を否定した。

おれは収監されている小園大佐に何度かはがきを書こうと思った。お世話になりましたと最初の一行を書くものの、それ以上はなにを書くべきか悩み、筆が進まなかった。何枚のはがきを破ったことだろう。会って話をしたいとも思ったが、はがきすら出せない自分が会えるわけはないと諦めていた。

整備の下士官が司令部公室に近づくことはできなかったが、せめて、白い布に包まれて縄で縛られ運ばれていくのを、止めることはできなかったのか、そんな自分が獄中にいる大佐に今更「お元気ですか」などとはとても聞けない。

終戦後十年ほどは自分の生活を立て直すことが優先され、おれは海軍工廠の跡地にできた自動車工場で働くことになった。自動車のエンジンの場合、その多くは直列四気筒であり、飛行機の星型十二気筒やそれ以上のものに比べたら簡単な構造だったが、それまでとは違う難しさがあり、毎日が精一杯で、大佐にはがきを出す余裕はなくなっていった。

## 三十五

翌年十月にGHQの了承を経て、日本国憲法が公布されたことに併せて公布された大赦令に海軍刑法も含まれることとなり、事件の最高責任者としての小園大佐以外の人間は赦免され、小園大佐はそれまでの無期禁錮刑から禁錮二十年に減刑されたものの、出所は叶わなかった。

その後、特別上申が出されたことで、量刑は禁錮十年に減刑された。

昭和二十七年四月、サンフランシスコ講和条約が締結された翌年の十二月に熊本刑務所を仮釈放された。

小園司令は刑務所から出所し、故郷の鹿児島に戻り、農業に従事したという。軍法会議で官位が剝奪されていたので、種々の年金などは支給の対象外になっていて、三〇二空の有志が政府に改善を提起したが、それは叶わなかった。

そして昭和三十五年十一月二十五日、脳溢血にて死去されたとは、落合のはがきで死亡の連絡をもらってからふた月もあとから聞いた話だ。大佐が生きているうちにせめて一目お顔を見たうえでひとこと話がしたかったが、それすらできなかったことにおれは悔しさを覚え、意気地なしの自分に肩を落とした。

## 三十六

昭和三十九年十月に東京オリンピックが開催され、日本は敗戦から復興を成し遂げた姿を世界中に見せつけた。その興奮もまだ冷めやらぬ十二月のある日、おれは大和駅にいた。ここは小田急江ノ島線と相鉄線の交差する駅だ。おれが小田急線の下りホームを歩いているとき、横浜からの電車が到着したようで、相鉄線から小田急線への乗り換え客が大勢すれ違った。

——あ、中尉だ。

おれはその人混みの中に宮崎中尉を見つけた。思わず駆け寄ると、中尉は自分の進行方向に立ち止まったおれの顔を胡散臭そうに見返した。厳しい目つきが昔の優しさを見せるようになるのに、少し時間がかかった。

「おっ」

短い言葉が中尉の口から洩れた。覚えていてくれたと、ほっとした気持ちになった。

「久し振りだなあ、元気か」

中尉はおれの肩に両手を載せた。

「ご無沙汰しております」

おれは頭を下げた。久しぶりということもあって、おれたちは大和駅の路地裏の一杯飲み屋に入った。

「今はなにをしているのかな?」

ビールのグラスを合わせて最初のひと口を飲み終えると、宮崎中尉がおれに質問した。

「高座工廠の跡地にできた自動車工場にいます。中尉はどうされているのですか」

宮崎中尉はあの別れのあと、一年ほどはそのまま厚木基地に残り、残務処理をしていたらしい。戦争が終わったと言っても、本当の意味で戦争終結を果たすにはそのくらいの時間がかかったのだという。主計中尉という立場は、厚木基地の中のすべてを把握し、記録することが求められていたので、残っていたのだそうだ。

当時の進駐軍の将校から、横浜で貿易関係の会社をやるから手伝わないかと誘われたので、そこで十年ほど働いているという。進駐軍の将校はそれまでの日本軍の将校とは異なり、ずっと人間らしい付き合いができるという。英語が話せるということは、仕事もいろいろ選ぶことができるんだなあ、おれは中尉の顔を見つめて、羨ましさを感じた。

「もう、あれから二十年経つんですよね。大佐が亡くなられてからも四年が経ちました」

おれの言葉に中尉は大きなため息をひとつ吐き、ビール瓶を逆さまにして落ちてくる泡を確かめながら、ぽつりと言った。

「そうだ、二十年だ」中尉はなにかを思い出そうとしているように見えた。追加のビールを頼み終えると、もう一度、誰に言うでもなくため息を吐きながら「もう二十年だよ」と繰り返した。

二人はその言葉の重さを感じながら、コップの中の液体を飲み干した。いつの間にか、中尉は顔を真っ赤にしている。

おれは中尉にどうしても訊きたいことがあった。除隊する日に訊こうかと思ってはいたが、訊くことができなかった質問があったからだ。

あの日、おれが宮崎中尉に「小園大佐はどうなるんですか？」と訊いたとき、中尉は簡単に「軍法会議だな」と答えた。その切って捨てるような簡単すぎる答えに、おれは次の質問ができなかったのだ。

追加のビール瓶がテーブルの上に置かれたので、おれは中尉のグラスに注ぎ足した。そして特務少尉から聞いた話をひと通りしたあとで切り出した。

「小園大佐を押さえつけられたのですか？」

「うん、そうだ」

宮崎中尉は頷いた。

「そして、革手錠をかけたのですか？」中尉は無言で頷いた。

中尉の視線はおれに張り付いたままだ。

「特務少尉は中尉が大佐に可愛がられていたと言っていましたが」

「そうだな、あの方にはいろいろと可愛がっていただいた」

「だったら押さえつけるなんてこと、できなかったのではないですか？」

おれの矢継ぎ早の質問に、中尉は背広のポケットから煙草を取り出して、一本を咥えた。

宮崎中尉はあの日の行動を一つひとつ思い出しながらその背景を話し始めた。

まず、小園大佐には本当に可愛がってもらったこと、何回も司令公室で一緒に食事をしながら、三〇二空が置かれた環境、立場、軍令部との軋轢などをいろいろ話してくれたそうだ。終戦間近の八月になると、軍令部の一部で囁かれている無条件降伏などしたら、天皇制を始めとする国体を守り切ることなどできなくなる、と中尉に話していたらしい。宮崎中尉も小園大佐が純真な気持ちで司令としての責任を果たそうとしていることには感心したし、上級将校としての姿勢にも感動した。大佐と二人で整備場に来られたときも、その前の会議で軍令部との電話会議が紛糾したのを引きずってのことだったと明かしてくれた。

「お前は大佐の考え方について、どう思っていたんだ？」

宮崎中尉が急におれの考えを訊いた。

「自分の持ち場の成果を最大にするために、一人ひとりが努力するのは当たり前だと思っていました」

「俺もそれは否定しない。そうすべきだと思っていたし、今でもその考えは変わってはいない」

中尉は吸っていた煙草の火をアルミの灰皿でもみ消した。

「ただ、大佐にも問題点というか正すべきところがないわけではなかった。それを指摘しても、高熱だったたという事情があったにせよ、聞く耳を持ってはくれなかった。最後は抜刀して抵抗されたりしたからな」

そう言うと今度は、おれをしっかりと見据えて問うた。

「司令官は戦時においては戦いに勝つことが求められる。あのときのことを思い出してほしい。あれは戦時なのか？　であれば相手は誰だ？」

答えに窮したおれに、すこし間をおいてから宮崎中尉ははっきりと言い切った。

「大佐のあのときの敵は軍令部だったんだ。大佐の直属上長に当たる寺岡中将が大佐を説得するためにお出でになったとき、結果的に説得は不成功に終わったんだが、その帰りしなに中将は俺にそう仰っていた」

寺岡中将が厚木に来られたとき、おれは整備場から出るなと足止めをされていたが、たしか、あのときにも宮崎中尉は司令部玄関にいたような気がする。

「大佐が三〇二空の司令官になるときには、海軍省や軍令部あたりには小園中佐のことを良からぬ人物だと思う人が多くいたと俺は聞いていた。なにをするか分からん奴だとも。そこで横鎮の傘下の一航空隊においておけば、邪魔にはならんだろうと配属を決めたという話を耳にしたことがある」

中尉は煙草をまた取り出した。

「ところがだ、司令になったとたんに厚木の飛行機すべてに斜銃を装備するのだと言い始め、さらに特攻には猛烈に反対して、軍令部との意見の衝突が起こり、結局、戦局への変化への対応の遅れが目立ち始めた」

「対応の遅れというと？」おれは思わず質問した。

「Ｂ29が襲来するとき、護衛戦闘機がいれば比較的低空でやってくる。その方が爆撃の精度が上がるからな。いなければ高高度での襲来というように、こちらの対応を見透かして攻撃を切り替えるのがアメリカだ。高高度での爆撃精度が上がらない、つまり効果が上がらないことに対応して、アメリカは通常爆弾による爆撃を焼夷弾に切り替えて、それが日本の被害を拡大することに繋がったんだ。東京が焼野原になったのはその結果だ」

そう言えば護衛戦闘機がいるときには、基地の多くの機体は避難行動をとっていたなあ……当時の様子が蘇ってきた。

「夜間爆撃なら艦上戦闘機の護衛はつかない、その場合は斜銃の効果はあった。しかし、制空権が奪われたあとは日中の爆撃が多くなり、大佐が想定していた戦闘はできなくなっていたんだ。アメリカだって馬鹿じゃない。いくつもの攻撃パターンをもって攻めてきたんだ」

中尉は煙草をもみ消した。話に集中しているせいか、いつの間にか煙草が短くなっている。

「ただなあ、大佐だけが悪いんじゃないと思うんだ。高性能の戦闘機や発動機の開発と生産、実戦投入の遅れや、制空権を奪われるのが想定よりも早かったことも状況の悪化を加速させた。変化に対応するのが下手だったのは海軍だけじゃなく、日本の弱さだったと思うんだ」

中尉は手酌でビールを注ぎ足している。おれは中尉の話に集中していて、つい、中尉のグラスが空になっていることにすら気づかなかった。

「俺は寺岡中将を見送りに出たときに、中将から絶対に被害者を出すなと言われたんだ。どうするか方法は考えろ、軍令部の方は中将がなんとか抑えると言われたんだ。ただ、時間はあまり残されてはいないぞ、とも」

横鎮の部隊が突入することなく事態が収拾した背景が見えてきた。宮崎中尉はしばらくおれを見つめていたが、再び口を開いた。

「そこで、お前の質問に答えよう。死者も怪我人も出さずにあの事態を収拾するには、ああするしかなかった。あのとき一つ間違えば大佐だってただでは済まなかった。大佐にしてみれば飼い犬に手を噛まれたとあの世で思っているかも知れない。でも、俺はあすることが正しかったと今でも思っている」

　はっきりとした口ぶりで、おれに言った。自信にあふれた顔つきだ。

「そうでしょうか?」おれは未だ納得し切れていない。

「そうさ、あの事件では自分から東京湾に突っ込んだ――たしか改田中尉だったかな?――は別にして、一人の死人も出してはいない」と中尉は言い切った。

　二人の会話はそこで終わった。

　二人は店を出て北風が冷たい路地裏に出ると、二人そろってコートの襟を立て大和駅に向かって歩き出した。

　下りの片瀬江ノ島行き各駅停車に乗り、宮崎中尉が高座渋谷駅で降りたあと、おれは冷えきった車内に一人きりになった。中尉との話は、おれの知らない小園大佐をおれに突きつけた。同時に二十年、持ち続けてきた疑問が解けたことも事実だった。

＊

大佐の未亡人が恩給法の改正で遺族扶助料を受給できるようになったのは、その後、十年以上も経ってからの昭和四十九年になってからのことだ。
おれはその知らせを聞いて、ようやく気持ちが少し軽くなった気がした。

完

**著者プロフィール**

**飛澤 宏**（とびさわ ひろし）

1946年、大分県生まれ。法政大学大学院修士課程修了。

外資系コンピュータ会社で生産、営業などの業務を経験ののち、大手ゲーム会社で経営、営業、アメリカ・欧州・アジアの子会社社長を務め、現在はコンサルティング会社の取締役。

山田権三の名義で以下の著作がある。『アメリカ子会社社長入門』（2018年）、『二兎を追わされる者　欧米兼務社長』（2019年）、『アンプレディクタブル　予期せぬ出来事』（2022年）、いずれも文芸社刊。

**狂人と呼ばれた男の信念** おれの厚木航空隊事件

2023年８月15日　初版第１刷発行

著　者　飛澤 宏
発行者　瓜谷 綱延
発行所　株式会社文芸社
〒160-0022　東京都新宿区新宿1－10－1
電話　03-5369-3060（代表）
03-5369-2299（販売）

印刷所　株式会社フクイン


ISBN978-4-286-24484-6